K.B062507

아무튼, 트위터

아무튼, 트위터

정유민

코난북스

트친비는 이것으로 대신합니다

차례

트잉여의 길

아침에 일어나 거실로 나와 보니 물감과 색연필과 붓이 모두 사망해 있었다. 아침부터 심심이 극에 달한 개가 열심히 코를 움직여 드로잉박스를 열고는 내용물을 모조리 꺼내 썹어 먹은 것이다. 대부분은 이미 개의 배 속으로 들어갔고 초라한 잔해만이 거실 여기저기에 흩어져 있었다. 한창 드로잉에 빠져 있을 때였다. 회사에서 상사로 인한 스트레스가 극심했던 시절이라 겨우 그림놀이로 해소하며 마음을 다스리고 있었는데… 도구들이 모두 망가진 황망한 현장을 보니 다시 스트레스가 급격히 치솟는 것 같았다. 내 붓! 내 색연필! 내 사인펜! 몹시 화가 난 나는 씩씩거리며, 휴대폰으로 사진을 찍어 트윗을 올렸다.

오늘 아침 완전 폭발했다. 일일이가 도구 상자를 코로 열어서 브러시와 색연필, 사인펜 등을 모두 썹어 먹어버렸다.

이 트윗을 본 친구가 꽥 소리를 질렀다.
"야! 우선 난장판을 치워야지, 트위터에 올릴 생각부터 하냐?"
"아, 그런가."

그제야 나는 머쓱해져서 머리를 긁적였다. 그러면서 속으로는 여전히 트위터를 생각했다.

'트잉여 개엄마들이 이거 보면 엄청 공감할 거라구. 히히.'

어느 날은 웨딩플래너가 되어 결혼식을 진행하는 꿈을 꿨다(갑자기 웬 웨딩플래너인가 싶지만 꿈이란 원래 그런 거니까). 그런데 결혼식 당일 신랑이 도망쳐버려 신부만 입장하는 이상한 상황이 벌어졌다. 신랑이 도망쳤으면 결혼식이 무산돼야지 신부는 왜 입장을 한 건지 모르겠지만 어쨌든 모든 게 엉망진창이었다. 나는 절망에 빠져 '오늘 일 망했다'는 얘기를 트위터에 썼다. 그러다 이게 다 꿈이라는 걸 깨달았다.

'이야, 나 꿈에서도 트위터 하고 있네. 일어나면 꿈에서 트위터 했다고 트위터에 써야지.'

웨딩플래너가 됐는데 신랑이 도망쳐서 신부만
입장하는 망한 결혼식을 진행하는 꿈을 꿨다.
그리고 일이 망했다고 절망에 빠진 트윗을
트위터에 쓰는 것까지 꿨다. 꿈에서 트위터 하지
말자….

잠에서 깨자마자 트윗을 올리고 혼자 킥킥거렸다. 몸은 아직 침대에 달라붙어 있는 채로 손가락만 간신히 움직이며 트위터를 하고 있으니 지나가던 남편이 한숨을 푹 내쉬었다.

"여보는 진짜 핸중이야."

"핸중이 뭔데?"

"핸드폰 중독."

"헹, 아니거든. 나는 트중이거든."

"트중이 뭔데?"

"트위터 중독(브이)."

일상의 모든 순간에 트위터부터 생각하는 헤비 트잉여, 그렇다면 '어떻게 트위터를 시작하게 되었습니까?'라는 물음에 "신문물에 대한 지나친 관심 덕이었죠" 혹은 "트위터가 재미있어 보였습니다" 같은 답이 나와야 할 테다. 그러나 실상은 그럴 리가 없다.

혼돈의 카오스

2010년 초, 당시 내가 다니던 출판사에서는 당대 최고의 필자 두 사람이 공동 저술한 책이 출간되었다. 당대 최고의 필자라고는 하지만 그 이름만으로 책을 팔기에 출판시장의 경쟁은 너무 치열했다. 그리고 당대 최고의 필자였기 때문에 활용할 수 있는 소스는 차고 넘쳤다. 게다가 그들이 저술한 책을 소개하는 보도자료 첫머리는 '디지털 시대의 탐구생활'이었다. 책의 홍보 콘셉트는 디지털이어야 했을 것이다.

그렇게 해서 이 책의 홍보를 위한 대대적인 '디지털 이벤트'가 기획되었다. 어떤 이벤트였는지 정확한 내용은 기억나지 않는다. '두 저자가 만나 토크를 한다, 그 행사를 주최한 인터넷서점이 두 사람의 토크를 스트리밍 방식으로 생중계한다, 독자들이 트위터를 통해 실시간으로 토크에 참여할 수 있다, 토크 내용은 트위터로도 중계될 것이다, 그러니 우선 우리 직원들부터 트위터 계정을 만들어서 시청자인 척 댓글을 남겨 붐업을 해라', 이것이 내가 기억하는 상사의 핵심 지시사항이었다.

지금 생각해도 무슨 말인지 모르겠다. 대체 뭘 어쩌라는 거냐 따져 묻고 싶었다. 그러나 바른 생활 편집자들은 회사가 하라는 거니까 입을 쭉 내밀고도 일단 했다. 어쩜 이렇게들 말을 잘 듣는 걸까.

당시 본사의 회장님은 모 철강회사에서 아침마

다 팀 단위로 모여 조회를 했더니 매출이 올랐다더라 하는 믿거나 말거나 풍의 이야기를 듣고 와서는 그것을 전 그룹사에 적용하고 있었다. 아침마다 모여서 어제 한 일과 오늘 할 일 같은 것을 각자 발표해야 한다고 했을 때, 모두들 헛웃음을 짓고 기가 막힌 표정으로 투덜거렸다.

"어제 한 일이요? 교정봤죠. 오늘 할 일이요? 교정봐야죠. 출판사에서 이게 뭔 짓이람."

나는 이들이 분연히 일어나 거세게 반발하여 적어도 출판본부만큼은 이 이상한 제도에서 제외될 줄 알았다. 웬걸, 아침마다 조회시간을 알리는 음악이 사무실에 울려퍼지면 로봇처럼 자리에서 일어나 화이트보드 앞에 모여서는 누구보다 충실하게 어제 한 일과 오늘 할 일을 성실하게 발표하는 사람들이었다.

그러니 이번에도 편집자들은 입으로는 '이런 것까지 해야 돼?' 하면서도 손으로는 부지런히 트위터 계정 만들 준비를 하고 있었다. 어쨌거나 우리는 그렇게 네이버도 다음도 아닌 미국에서 물 건너온 낯선 사이트에 접속해 각자의 이메일을 입력하고 계정을 만들었다(세상에, 회원 가입을 하는데 이메일과 비밀번호 외에는 아무것도 요구하지 않다니!)

자, 이제 내게 @△△△△가 생겼다. 그런데 아이디 앞에 붙은 이 골뱅이는 뭐죠? 트위터를 모르는 건 나뿐 아니었다. 계정을 만들긴 했는데 이제 어떻게 하면 좋으냐는 질문이 여기저기서 쏟아졌다. 누군가 네이버에 '트위터 사용법'을 검색했다.

"트윗을 쓰래!"

"트윗이 뭔데?"

"팔로우를 하래!"

"팔로우가 뭔데? 일촌 같은 건가?"

트위터를 만들라고 지시한 상사의 동공은 흔들리고 있었다. 본인도 트위터가 뭔지, 어떻게 사용하는지 모르는 것이 분명했다. 알아서 잘 해보라는 말만 남기고 상사는 사라졌고 그의 등 뒤로 어수선한 푸념들이 새어나왔다. 겨우 '메시지를 입력한다'는 수준의 이해를 바탕으로 우리는 부지런히 댓글, 아니 트윗을 달았다.

이벤트는 성공적으로 끝났다. 이벤트가 흥했는지, 스트리밍 시청자가 많았는지, 트윗이 많이 달렸는지는 모르겠다. '성공적'이라고 표현한 것은 우리처럼 이날 처음으로 트위터 계정을 만든 두 저자가 이후 최고의 '파워 트위터리안'으로 자리매김했기 때문이다. 어딘가에서 이들이 트위터계의 인플루언

서로 꼽힐 때마다 슬쩍 옆에 가서 외치고 싶었다.

"그거 아십니까 여러분? 이분들, 책 홍보하려고 우리 회사에서 트위터 계정 만들게 한 건데 지금은 완전 코리안 파워 트위터리안이 됐다니까요!"

뭐랄까, 어디 가서 자랑하고 싶은 '내가 띄운 라이징 스타' 같은 느낌이랄까.

그렇게 이들은 엉겁결에 트위터 계정을 만들었으면서도 훗날 파워 트위터리안이 되었다. 그리고 같은 날 같은 이유로 트위터 계정을 만든 나는, 파워는 없고 그냥 트잉여가 되었다.

트잉여 비긴즈

출판편집자가 되기 전, 나는 이런저런 직업과 직장을 전전하다가 영화제 스태프로 계속 일해야겠다고 마음먹었다. 그러나 영화제 스태프란 몇 개월짜리 단기 계약을 해야 하고, 그 기간에 맞춰 전국 곳곳을 돌며 숙소 생활을 반복해야 한다. 이런 생각을 하니 몹시 심란했다. 일은 재미있었지만 더 이상 떠돌이 생활을 하고 싶지는 않았다. 결국 스태프 계약을 해지했다.

그리고 출판사에서 편집자로 직업적 정체성을 확정하기로 했다. 물론 내 경쟁력은 미미하기 그지없었다. 다른 동료들처럼 책을 너무 사랑한 적도 없다. '저는 어릴 때부터 독서광이었습니다'라고 단호한 의지를 표출할 만큼 독서량이 많지도 않았다. 그저 대학 시절 공강 시간마다 중앙도서관에 처박혀 책장에 꽂힌 수많은 책의 책등과 표지를 구경하는 일이 즐거웠고, 그 기억이 나를 출판사 취업으로 이끌었다.

　　교정교열을 제대로 배운 적도 없고, 인문학적 지식을 쌓은 적도 없으며, 반짝반짝 빛나는 기획력 같은 것도 있을 리 없었다. 그러나 문예창작학 전공이라는 단 하나의 스펙으로 흘러들어 갈 수 있는 직장이라고는 출판사밖에 없기도 했다(물론 작가가 될 수도 있을 터였다. 그러나 그것에 대해 말하는 것은 너무 슬픈 일이므로 함구하도록 하자). 그러니 편집자로서 내가 가져야 할 자세는 정해진 것이나 다름없었다.

　　'내가 무슨 능력을 가졌는지 잘은 모르겠지만 시키는 건 다 해볼 테니 당신들한테 필요한 재주가 있다면 뭐든 뽑아 쓰시오.'

　　물론 쉽지 않았다. 무식하다고 타박당했다. 교

정도 제대로 못 본다고 구박받았다. 기획회의에 내밀기 위해 꾸역꾸역 작성한 기획안이란 것은 내가 보기에도 얄팍하기 짝이 없었다.

그런데 다행히, 세상이 변했다. 21세기 출판시장은 더 이상 난로 옆 책상에 꼼짝 않고 앉아 곱은 손가락 호호 불어가며 원고지를 넘기는, 〈아들과 딸〉의 후남이 같은 편집자를 원하지 않았다.

적은 인력으로 최대의 효율을 뽑아 먹으려는 자본가들의 전략이었을까. 여기저기서 편집자는 교정지에 얼굴을 파묻고 교정만 봐서는 안 된다고 외치고 있었다. 편집자는 책을 만드는 일에만 집중할 것이 아니라 책을 널리 알리는 일에도 자기 역할을 다해야 한다고들 했다. 바야흐로 인터넷의 시대였다. 독자들은 신문 기사나 광고보다 인터넷에서 도서 정보를 얻고 있으니, 편집자 여러분은 가만히 앉아 독자를 기다리지만 말고 그 독자들에게 가까이 다가가라고 했다.

인터넷이라면 자신 있었다. 인생의 절반은 온라인, 절반은 오프라인 상태였다. 우리는 컴퓨터 한 대와 랜선 하나만 있으면 못할 것이 없는 세대였다.

편집자로서 경쟁력이 부족하다고 느꼈으므로, 나는 생존을 위해 회사의 정규 업무 외 지시사항을 아주 잘 따라야 했다. 가령 편집자 스스로 파워블로거가 되어 자신이 만든 책을 홍보하는 것, 자신이 속한 브랜드의 인터넷 카페를 개설해 회원을 관리하고 이벤트를 진행하는 것, 인터넷서점에 등록된 자사 책들에 직원이 아닌 척, 최고 점수인 별 다섯 개를 매기고 책이 아주 좋다는 리뷰를 쓰는 것 같은 일들 말이다.

시대는 급변하고 있었고 회사는 흐름을 놓치지 않으려고 안간힘을 쓰고 있었다. 그러나 그 흐름이 지금 어떻게 흘러가고 있는지, 앞으로 어떻게 흘러가게 될지는 모르는 것이 분명했다. 그러니 경영진들이 그 변화를 추격하는 데 비용을 따로 지불할 리 만무했다. '새로운 채널들이 등장하고 있다, 그런데 그게 뭔지 모르겠다, 그렇다면 회사에서 가장 젊은 애들한테 일단 맡기자', 이것이 그들의 경영 기조였던 것 같다.

아무래도 상관없었다. 정규 업무 말고도 잡무가 늘었고 늘어난 업무량 때문에 사방에서 불만이 터져나왔지만, 나는 내가 가진 재주라는 게 보잘것없다는 걸 알았기에 그거라도 해야 했다.

사실 블로그에 익숙해지는 것도 그리 쉽지만은 않았다. 개인 홈페이지를 시작으로 카페나 아이러브

스쿨, 프리챌 같은 커뮤니티를 거쳐 싸이월드 같은 개인 미디어까지 도달하긴 했다. 그런데 블로그는 신변잡기가 아닌 정보를 중심으로 하는 텍스트와 이미지로 가치를 창출해야 했다. 인터넷에 익숙한 나에게도 블로그는 또 하나의 산이었다. '블로깅' 혹은 '포스팅'이라는 새로운 용어에 익숙해져야 했다. 트랙백은 뭐고 RSS는 또 뭐란 말인가.

지금 생각하면 개인이 콘텐츠를 생산하고 그것을 누군가가 읽고 서로 소통한다는 기본 포맷은 크게 달라진 바가 없다. 시대를 앞질러 가는 프런티어들은 새로운 미디어가 출현할 때마다 늘 같은 것을 다르게 이름 짓고 새로운 시대가 열렸다고 과장되게 부르짖었다.

그렇게 겨우 블로그라는 뉴미디어에 익숙해졌을 무렵 트위터와 페이스북이라는 이름들이 등장하기 시작한 것이다. 블로그랑 비슷하지만 트위터는 한 포스트에(블로그에 익숙해진 당시의 나에게 게시물은 포스트였다) 140글자만 쓸 수 있다고 했다. 국내 독자들에게 이 낯선 이 신문물을 소개하기 위해 '마이크로블로그', '미니블로그'라는 표현도 등장했다. 말 그대로 피식 웃었다.

'실리콘밸리 너드 놈들, 진짜 가지가지 한다.'

트위터가 무엇인지 정확하게 설명해줄 사람은 아무도 없었지만 당장 우리에게 필요한 것이 트위터인 것만은 분명해 보였다. 그리고 일을 한다는 생색을 내는 데 새로운 시도를 하는 것만큼 유용한 것도 없다. 아날로그의 대명사, 아날로그의 끝판왕, 종이책을 만드는 출판사는 언제나 세상의 변화에 반 발짝 늦다. 그렇다면 내가 남들보다 앞서 빛을 발할 수 있는 것은 뉴뉴미디어, 트위터였다.

나는 이번에도 가욋일을 부지런히 했다. 팔로어(follower. 일종의 구독 같은 개념)를 늘리고 알티(RT, retweet. 누군가의 트윗을 다시 트윗하는 것. 일종의 공유 같은 개념)를 늘려가며 책을 홍보하기 위한 영향력 있는 미디어가 되겠다고 다짐했다. 회사에서건 집에서건 종일 트위터 페이지를 열어놓고 트윗질을 했다. SNS 마케팅 강의를 들으러 다니기도 했다. 어떻게든 신간 정보를 독자들에게 노출하고 싶어 한 동료 편집자들은 새로운 책 출간 소식을 트위터에 올려달라는 요청을 나에게 쏟아냈다.

그런데 파워를 가지려고 하면 할수록 파워를 가질 수 없다는 사실을 알게 됐다. 별 생각 없이 올린 일상 트윗은 열렬한 공감을 얻었다. 그런데 일상 트윗인 척 슬쩍 책을 홍보하면 언제나 불순한 의도를 간파당했다. 트위터 사람들이 책을 싫어하는가 하면 그것도 아니었다. '최근에 (다른 회사) 어떤 어떤 책을 읽었는데 이러저러해서 참 좋네요' 같은 평범한 트윗을 올리면 '저도 읽어봐야겠네요' 하는 반응이 이어지거나 트윗을 조용히 별통*에 담는 사람들이 꽤 있었기 때문이다.

내가 백날 1만 팔로어, 10만 팔로어를 만들어봤자 책 홍보 트윗에 아무도 반응하지 않는다면 소용없는 짓이었다. 사람들은 안다. 저 사람이 진짜 저 책을 읽고서 자기 감상을 말하는 건지, 잘 포장된 보도자료 카피를 적절한 일상 언어로 번역해 홍보하려는 건지 말이다. 그걸 깨닫는 건 어렵지 않았다. 나역시 다른 트친들의 트윗에서 그걸 쉽게 읽었으니까. 뭔가를 하려고 애쓸수록 트위터는 점점 더 부자연스러움을 극대화했다. 그건 어찌할 수 없는 산이었다. 나는 머릿속에서 트위터 책 홍보를 지워버렸다. 그리고 자연인 트잉여로서의 삶을 설계했다.

---

* 일종의 '좋아요' 표시이면서, 저장 기능을 갖고 있다. 몇 년 전까지 이 기능의 아이콘이 별 모양이었기 때문에 트위터에서는 흔히 이 별 아이콘 누르는 것을 '별통에 담는다'고 표현했다. 지금은 아이콘이 하트 모양으로 바뀌어서 '마음통에 담는다' '마음을 찍는다'고들 한다.

'아니, 내가 이거 한다고 회사가 나한테 월급을 더 줘?' 갑자기 억울해지기도 했다. 영향력 있는 미디어는 무슨. 하다 보면 어떻게든 되겠지. 어쩌다 파워가 생기면 좋은 거고, 아님 말고.

　그렇게 나는 회사에서 아주 편안한 마음으로 본격적인 트잉여의 길을 걷기 시작했다. 상사 눈치를 볼 필요도 없었다. 저는 지금 일하고 있으니까요. 제가 제일 잘하는 게 트위터거든요. 아, 제가 편집자 긴 하지만요.

느슨한 랜선 친구

페북을 싫어하는 데는 여러 이유가 있지만 그중에서 최고는 "배고파 라면 먹고 싶당" 따위의 아무 말을 적었을 때 반드시 한 명 이상의 댓글이 달린다는 점이다. 대충 혼잣말인 거 같으면 제발 그냥 지나가주면 안 될까.

2017년 12월 12일 오전 2:28

가족들이 한집에 모였을 때, 언니들과 밤새 맥주를 마시며 수다 떠는 것을 좋아한다. 새벽 세 시쯤 되면 잠에서 깬 엄마가 나와 "잠 좀 자라, 잠 좀!" 꽥 소리를 지르며 화장실로 들어가고, 우리는 잠시 숨을 죽였다가 다시 꺄르륵 웃어제끼며 수다를 이어간다.

방이 세 개인 집에 딸이 네 명, 아들이 한 명이었으니 자연스럽게 우리 자매는 한방에서 자랐다. 지금 생각하면 그 작은 방에서 어떻게 네 명이 살았을까 싶다. 그래도 우리는 매일 밤늦도록 짝사랑 이야기, 성적 이야기, 성당 활동 이야기, 진로 이야기 등을 나누면서 작고 좁은 방을 이야기로 가득 채우며 살았다.

이제 언니들은 각자 가정을 꾸린 중년의 학부모가 되었다. 그러다 한번씩 누군가의 집에 모이는 날이면 여전히 해가 뜰 때까지 수다를 떤다. 매번 한 이야기 또 하고, 어릴 때 이야기 또 하고, 자식들 이야기 또 한다. 그래도 우리는 늘 마치 처음 하는 이야기처럼, 처음 듣는 이야기처럼 박수를 치며 고개를 젖히고 목젖이 보이도록 웃는다.

어릴 적 우리가 함께 자란 그 작은 방은 이제 와이파이를 타고 단톡방이 되었다. 우리는 단톡방에서도 매일 이야기한다. 매일 각자의 근황을 이야기하고, 가족 행사를 의논하고, 맛있는 걸 해 먹으면 요리법을 공유하고, 누군가 재미있거나 예쁜 사진을 올리면 예쁘다 웃기다 이모티콘을 쏘아올리기 바쁘다. 그러다 사소한 일로 단톡방 안에서 싸움이 벌어지면, 자매 1과 4 혹은 자매 2와 3이 따로 통화하며 이 사태를 해결하려고 밤새 밀담을 나누곤 한다.

언니들의 극성이 그리울 때도 있고, 조언이 필요할 때도 있고, 기쁘고 슬픈 소식을 전해야 할 때도 있다. 그래서 피곤하지만 나갈 수 없는 뜨거운 방이다. 혈연으로 맺어진 관계에서는 모든 말에 코멘트가 날아오고 모든 사안에 의견이 몰려든다. 모든 말에 나도 코멘트를 해야 하고 모든 사안에 나도 의견을 보태야 한다. 해야 하는 것이 많은 만큼 받는 것도 많지만 여기에 따르는 피로는 굉장하다. 특히 막

내인 나를 향해서라면 언제나 뜨겁게 끓어오르는 가족들의 말들과 애정 속에서 나는 자주 극심한 스트레스를 받았다.

한번은 서로 좀 무심해지면 안 되냐는 식으로 말했다가 언니들로부터 핵폭탄급 비난을 받았다. '넌 너무 날카롭고 냉정해.' '넌 너무 이성적이고 논리적이기만 해.' '넌 너무 너밖에 몰라.' 나는 이 말들이 더 뾰족하고 아팠지만 언니들에게는 가족끼리 서로 무심하기를 바라는 게 더 아픈 일인 것 같았다.

소통하고 싶지만 소통하고 싶지 않은 마음. 혼잣말이지만 혼잣말은 아니면서 혼잣말인 말. 무언가 입 밖으로 내뱉고 싶지만 그 말에 꼭 반응을 기다리지는 않는 상태. 그런 나의 애매한 상태를 알아줬으면 하는 마음. 그걸 기대하기에 가족 단톡방은 너무 오랜 관계의 역사가 깃들어 있다. 모바일 메신저라는 것은 그러라고 만들어진 것이 아니므로 출구는 그곳에서 찾을 일이 아니었다.

나는 자주 트위터로 도망쳤다. 어떤 말에 반응하고 어떤 말을 모르는 척해야 할지 귀신같이 아는 사람들로 가득한 타임라인. 공을 물고 달려와 던져달라는 시늉을 하면서도 정작 가져가진 말라며 공을 입에서 놓지 않는 개를 닮은 마음들이 가득한 곳.

마감을 코앞에 두고도 일이 손에 잡히지 않을 때는 번역가 K선생님의 트윗들을 일부러 찾아 읽는다. 늘 차분하고 나직하게 프리랜서의 순간들을 기록하고 다짐하는 K선생님의 트윗들. 그의 책상 위에 놓인 꽃 사진을 구경하고 그가 지금 작업 중인 책 소식에 조용히 '마음'을 누르며 아, 나도 차분하게 일해야지 허리를 세우고 업무를 예열한다(고작 예열이지만).

동종 업계 종사자 H님의 타임라인에 찾아가면 상상을 초월하는 단문 개그에 마음껏 웃을 수 있다. 아, H님 왜 이렇게 웃기지. 본인은 웃기려고 작정하고 쓴 게 아닐 텐데 한 문장짜리 무심한 트윗들이 너무 웃겨서 미친 사람처럼 혼자 끅끅거린다.

TV 프로그램이 궁금할 때라면 단연 B님이다. 초 단위로 방송 화면을 캡처하고 거기에 몇 글자로 감상을 덧붙인 트윗이 수십 개 올라온다면, B님이 TV를 시청하고 있다는 뜻이다. 알 만한 트잉여라면 알겠지만 실제 방송을 보는 것보다 B님의 타임라인을 훑는 것이 훨씬 더 재미있다. 그럴 때 굳이 'B님 트윗 너무 재밌어요~', '너무 웃겨요~' 같은 멘션이나 이모티콘 같은 것을 보낼 필요는 없다. 그저 알티를 누르고 트윗창에 ㅋ을 열 개쯤 쓰면 된다. 그러면 트친들끼리 서로 대화하지 않아도 지금 B님의 'TV 대신 봐드림'을 같이 보며 웃고 있다는 걸 알 수 있다.

다른 모든 SNS가 그렇듯이 트위터 역시 자기 세계를 자유롭게 구축할 수 있다. 나와 관심사가 같은 사람, 정치 성향이 비슷한 사람, 직업이 비슷한 사람, 유머 사진을 자주 올리는 사람, 반려견 또는 반려묘 사진을 공유하는 사람을 선택해 팔로우할 수 있다. 이거저거 다 필요 없이 그냥 호감 가는 사람만 팔로우해도 좋다. 그렇게 내 성향대로 잘 다져놓은 타임라인은 내게 강 같은 평화를 주는 아늑한 아랫목이 된다.

내 타임라인에는 타인의 감정이나 상태를 귀신같은 센스로 예민하게 캐치하는 사람들이 가득하다. 그건 내가 현실에서는 만들 수 없는 관계를 랜선 안에서 촘촘하게 구성하려던 무의식 덕이었을 것이다. 이렇게 살아야겠다 작정하고 살지 않아도 어느 순간 정신을 차려보면 그렇게 살고 있는 자신을 발견하게 되는 것처럼, 그냥 그렇게 트위터를 살아온 것이다.

누군가 무엇을 '요청'하고 그 요청을 '수락'해야 관계가 완성되는 적극적인 시스템이 아닌데도 타임라인을 훑는 것만으로도 위안이 됐다. 분명 내가 쓴 말이 아닌데 '혹시 저세요?' 묻고 싶을 만큼 절절하게 공감하는 트윗들이 있다. 나는 도저히 도달하지 못할 통찰을 발견하면 리트윗 백 번 하는 방법은 없나 생각한다. 어디서 이렇게 나한테 딱 필요한 물건을 때맞춰 영업하나 싶은 트윗들을 모조리 마음통에 담기도 한다.

어딘가의 혼자인 누군가와 혼자인 내가 느슨하게 닿아 있는 심정적인 관계. 손에 잡히지도 않고 눈에 보이지도 않는 '관계'를 상상하고 신뢰하며 즐거워하는 건 섬뜩한 일이긴 하다. 그렇지만 다들 그걸 알면서도 크리피함은 애써 넣어두고 즐거워하는 것에 집중하며 슬기로운 트위터 생활을 하고 있는 게 아닐까.

누군가는 나의 아무 말 트윗을 보고도 어느 순간 조용히 '마음'을 누르겠지. 공감한다는 의미일까, 좋다는 의미일까, 바보 같은 말이라서 표시를 해둔 것일까, 저장하고 싶다는 의미일까. 무엇이든 상관없다. 그 애매한 마음들이 남겨놓는 넉넉한 거리가 좋아서 도망쳐 온 곳이니까.

만남의 광장

다른 직업군은 어떤지 모르겠지만 편집자들에게 트위터는 숨통 같은 것이었을 테다. 그러니까 트위터에 가면 동료들이 있었다.

출판사는 영세한 곳이 많다. 같은 회사에 다니는 동료라고 해봤자 몇 되지 않는다. 나는 꽤 규모가 있는 출판사를 다니고 있었는데 그 안에 아주 촘촘하게 브랜드가 나뉘어 있었고 업무는 주로 열 명 내외의 팀 단위로 이루어졌다. 그러니 동료라고 부르며 교류할 수 있는 폭은 여느 작은 출판사와 크게 다르지 않았다.

게다가 편집자란 아무것도 없는 상태에서 아무것을 만드는 일을 하는 사람들이다. 그걸 스스로 생산할 수는 없고 끊임없이 독려해야 하는 수많은 전문가와 협력자(작가, 번역가, 교정자, 디자이너, 제작자…)가 필요하다. 그리고 그 관계들은 대부분 회사 외부에 있다. 그러니 정작 회사 안에서는 독립된 혹은 고립된 존재로 일한다. 다양하고 새로운 책을 만들려면 계속 관계를 확장하고 관리하며 살아가야 하지만 좀처럼 마음 둘 곳을 찾기가 어렵다. 그래서 다른 회사에 다니더라도 이 일을 이해하는 편집자 친구를 더더욱 갈망했는지도 모르겠다.

출판 업계에서 다른 회사 사람들을 만날 기회도 그다지 많지 않았다. 출판과 관련된 강좌를 듣거나 그 강좌가 종강됐을 때 뒤풀이에서 한두 번 술잔을 기울이는 정도였다. 그런 곳에서 만나 마음을 나누는 동료로 연을 이어가기는 어려운 일이다. 같은 강좌를 듣는다는 사실 외에는 특별한 공통분모가 없는 사람들이다. 누군지 모르는 사람들과 우연히 같은 주제로 열리는 강좌를 수강하게 되었을 뿐이고 두세 달 정도면 과정이 끝나니 서로를 알아갈 만한 여유도 의지도 없다. 무엇보다 출판계에는 피해야 할 꼰대들이 너무 많았다. 상대가 어떤 부류의 사람인지 알지 못하는 상태에서 같은 업계 종사자라는 이유만으로 친해질 수는 없었다.

게다가 편집자라는 사람들이 어떤 사람들인가. 한마디로 정의할 순 없지만, 내가 알기로 내향성과 외향성을 두루 갖춘 복잡하고 섬세하고 예민한 사람들이다. 여러 얼굴을 때와 장소에 맞게 능수능란하게 갈아 끼울 줄 아는 직업인이자 때론 지식인의 진중함을, 때론 문학인의 감수성을, 때론 트렌드세터의 기민함을 발휘하는 매우 복합적인 성향을 가졌다. 어쩌면 이 한마디로 정의할 수 있을지도 모르겠다.

까다롭다는 말이다.

그런 그들이 트위터로 몰려들기 시작했다. 어쩌면 자연스러운 수순이었다. 트위터에는 늘 새로운 이야기들이 넘쳐났다. 필력을 짐작할 수 있을 만한 문장들도 가득했다. 참신한 기획 아이디어와 잠재적 저자들을 동시에 획득할 수 있는 절호의 기회! 최신의 미디어에 발 빠르게 접속하는 편집자들이 트위터를 놓칠 리 없었다.

편집자들은 자신의 정체를 반쯤 드러내놓고, 한쪽 다리로는 저자를 탐색하고 한쪽 다리로는 편집자 친구들을 찾아 나섰다. 하고 싶은 말은 많지만 광장의 말은 될 수 없었던 고충들이 쏟아졌다. 이럴 수가! 나만 그런 줄 알았는데, 당신도? 우리는 정신없이 서로의 트윗에 '별'을 찍고 리트윗을 누르고 멘션을 주고받았다. 주어를 생략해도, 이니셜만 적어도, 앞뒤 맥락이 없어도 무슨 말인지 누구 얘긴지 찰떡같이 알아먹었다.

신이 났다. 여기서 이럴 게 아니라 만납시다! 급기야 트위터 편집자 번개(결국 나와버린 이 단어)가 조직되기에 이르렀다. 멘션을 주고받던 몇몇 편집자끼리 약속을 잡았다. 평일 퇴근 후 출판의 메카 홍대 언저리에서 우리는 만나기로 했다. 완전히 처음 보는 사람도 있었고 몇 다리 건너 아는 사람도 있었다. 트위터에서 신나게 직업정신을 나누던 사람들을 직접 만나게 되다니, 생각만 해도 심장이 뛰었다.

"안녕하세요, 호밀밭의 사기꾼입니다. 본명은 정유민이고요."

우리는 직업인답게 누가 먼저랄 것도 없이 벌떡 일어나 명함을 주고받으며 자신의 트위터 닉네임과 본명과 출판사 이름을 주지시켰고 서로 빠르게 신상을 파악해갔다.

그런데, 그러고 나니 할 말이 없었다. 한꺼번에 너무 많은 편집자를 만나서였을까. 아니면 편집자라는 것 말고는 공통점이 딱히 없어서였을까. 트위터에서는 그토록 빵빵 터지던 이야기들이 현실의 말들로 옮겨지니 그야말로 '짜게 식었다.' 남들은 모르는 우리만의 세계를 공개된 웹에서 비밀스러운 제스처로 공유하는 재미를 즐긴 것이었는지도 모르겠다. 편집자끼리만 모여서 이야기하니 출판 강좌 뒤풀이나 다음 카페 정모 같은 분위기가 됐다. 아, 역시 까다로운 사람들. 두 번째 번개는 이루어지지 않았다.

그날 이후로도 트친을 오프라인에서 만나는 일은 종종 있긴 했지만 나는 점점 더 신중해졌다. 특히 일대일로 만나게 됐을 때의 곤혹감은 아직도 잊히질 않는다. 우리는 분명 트위터에서 핑장히 죽이 잘 맞았다. 앞선 쓰라린 경험들 탓에 현실에서 또 트친을 만난다는 게 조심스럽긴 했지만, 그래도 워낙 말이 잘 통했으니까 이번엔 괜찮겠지. 그러나 역시 인간은 어리석고 같은 실수를 반복한다. 그는 그토록 피하고 싶었던 출판계 꼰대였다. 나는 조용히 일을 마무리하려고 끝까지 방긋방긋 유쾌하게 술을 마셨고 무난하게 '현실 만남'을 처리했다. 그리고 집으로 돌아오는 길에 어금니를 꽉 깨물며 다짐했다.

"느그 으 즛을 뜨 흐믄 트응여그 으느드…(내가 이 짓을 또 하면 트잉여가 아니다…)."

돌이켜보면 현실 인연이 랜선으로 이어진 경우는 있었어도 그 반대는 거의 없었다. 닉네임으로 존재하던 인물들을 실제로 마주하면 서로 곤란해진다. 우리는 자기 상상 속에 존재하는 캐릭터가 상대방의 실제 모습과 같을 리 없다는 걸 잘 안다. 그리고 그 당연한 진실을 직접 경험하고서야 비로소 깨닫는 때가 있다. 인터넷에 공개된 정보와 생각 들이 그 사람의 전부가 아니라는 것은 인터넷을 사용하는 본인이 가장 잘 알 것임에도, 종종 그 사실을 잊는 것이다.

어느 출판사 팟캐스트에 게스트로 출연했다가 진행자가 건넨 말에 정말 놀란 적이 있다.

"오라질년 님은 저의 오랜 트친이시죠. 제가 아주 무서워하는 트친 열 명 안에 들어가는데. 젊으면서 똑똑해서 좀 무서운, 옳은 말 따박따박 던지는 그런 스타일 있잖아요. 전 그런 분들 좀 무서워해요."

농담처럼 던진 인사말이었지만 내가 그렇게 비치리라고는 생각해본 적이 없었다. 나의 랜선 캐릭터를 평가하는 시선은 내가 통제할 수 없다. 그래서 우리는 서로 끊임없이 오해하면서 이해하고 이해하면서 오해한다. 그런 점이 당혹스럽기도 하고 재미있기도 해서일까. 잊을 만하면 #트친이_나에게_가진_궁금증, #트친들이_인용으로_해주는_내_첫인상 같은 해시태그가 타임라인을 휩쓸곤 한다.

오랫동안 트친으로 지낸 S님. 트위터에서 처음 만나 자연스럽게 서로가 편집자라는 것을 알게 되었고 종종 멘션을 주고받았다. 비슷한 것을 좋아하기도 했고 같은 종의 반려견을 키우고 있었고 시간차가 있지만 같은 회사를 거치기도 했다. 출판 관련한 책에 필자로 함께 참여한 적도 있다. S님과 그 책에 대한 이야기를 따로 나누지는 않았지만 나는 S님의 글을 다른 글보다 더 열심히 읽었다. 트위터만으로는 알지 못했던 S님 이야기와 생각을 알 수 있어서 참 좋다 생각하며 혼자 씨익 웃었다.

어느 날 자주 가던 카페에서 우연히 S님을 만났다. 교정지를 펼쳐놓고 원고를 보고 있었다. 함께 간 출판사 친구 덕에 그분이 S님이라는 걸 알았다. 얼굴을 몰랐으니 혼자였다면 지나쳤을 것이다. 우리는 거대한 교정지가 펼쳐진 S님 테이블로 옮겨 앉아 잠시 이야기를 나눴다. 어떤 이야기를 했는지 정확히 기억나진 않지만 1년에 한 번 정도 만나는 친구 같은 느낌이었다. 1년에 한 번 만나지만 어제 만난 것 같은 친근함. 하지만 실제로는 1년에 한 번만 보는 무심함. 그리고 그 무심함도 괜찮은 편안함.

S님이 일하던 중이라 우리는 방해가 되지 않도록 다른 테이블로 옮겨 앉으며 인사를 건넸다.

"트위터에서 또 만나요!"

적당했다. 어디에서 마주해도 변함없는 거리. 조용한 응원과 열렬한 공감을 주고받을 수 있는 생업. 일부러 날을 정해 만나지 않아도 어디서든 마주칠 수 있는 기회. 현실 만남이 트위터 만남을 뒤흔들지 않고 꾸준히 유지되는 리듬. 트위터 인연의 정석이라는 게 있다면 이런 게 아닐까.

이름이 없는 천국

나의 대학입시 목표는 고향을 벗어나는 것이었다. 나는 어떻게든 고향을 떠나야 했다. 고3 때보다 공부를 조금 더 잘했던 고1 시절이라든가 중학교 시절에는 아나운서도 되고 싶었고 건축가도 되고 싶었고 영화감독도 되고 싶었고 도예가도 되고 싶었고 개그우먼도 되고 싶었다. 그 수많은 꿈의 리스트가 모의고사 점수를 받아들 때마다 점점 짧아지는 동안에도 내가 끝까지 놓지 않은 한 가지는 '이곳'을 벗어나는 것이었다.

타고난 지방 사람인지라 중학교 때부터 고입이라는 입시지옥을 통과해야 했고, 적어도 고입에서 실패하진 않았다, 원하는 학교에 성공적으로 입성했다 정도의 안도감이 몰려오자 꿈을 야금야금 포기하는 일이 꽤 쉬워졌는지도 모른다. 원하는 고등학교에 왔으니 이제 적당히 살면 되지 않나 하는 황당한 만족감이 고교 시절 전체를 지배했다.

그런 나태함에 빨간불이 켜졌다. 졸업생 선배들의 대학입시 결과를 마주하면서부터였다. 지역에서는 공부깨나 한다는 학생들을 모아놓은 학교였다. 그런데 어째서 모두들 지역의 국립대학에 입학하는 것인가. 공부를 상당히 잘한다고 소문난 전교 최상위 선배들도 어째서 모두 같은 학교에 가는 것인가.

지방 여고생들의 운명이란 그랬다. 서울대 갈 정도가 아닌 이상 여자애들 멀리 보내봤자 소용없다, 여자애들은 자취를 시키면 안 된다, 서울에서 사립대 다니려면 돈이 많이 든다, 어차피 서울 삼류를 가느니 지방 국립대가 낫다…. 지방 출신 어중이떠중이 여고생들의 운명은 결정되어 있었다(남고생들은 서울 삼류대 잘도 보내던데).

　실제로 입시철이 다가오자 대부분의 친구가 성적과 무관하게 지역의 거점 국립대에 원서를 썼다. 그 운명은 나에게도 다가오고 있었다. 아빠는 취업이 잘 된다는 이유로 나와 상의도 하지 않고 지역의 간호대에 원서를 넣었다. 담임 선생도 당연하다는 듯 지역에 있는 국립대학의 원서들을 나에게 내밀었다. 어영부영하다가는 영락없이 뼈를 묻게 생겼다.

　서울이 아니라도 좋았다. 집에서는 절대 통학하기 어려운 거리에 있는 대학의 문예창작과에 원서를 넣었다. 부모님은 그렇게 비싼 학비에 기숙사비에 생활비를 감당할 수는 없다고 격하게 반대했다. 그러나 나는 오직 그 학교만 합격할 수 있도록 이미 수를 써놓았다. 나는 아빠가 마음대로 접수한 대학에는 면접을 보러 가지 않았다. 지역 국립대 원서는 접수하기 직전 그 학교에서 가장 점수가 높은, 그래서 합격할 수 없을 만한 학과로 몰래 바꿔 넣었다. 면접에 가서도 신나게 헛소리를 했다. 부모님도 결국 항복하고 말았다.

"그럼 재수할까?"

"재수 같은 소리 하고 있네. 돈이 어딨어!"

결과적으로 나는 고향을 벗어났다. 드디어 고향을 벗어나게 된 것이다.

내가 그토록 고향을 떠나고 싶었던 것은 바로 '동네의 말' 때문이었다. 그곳에서는 '몰래'라는 것이 가능하지 않았다. 부모님 몰래 연애라도 할라치면 어느새 동네 어르신 눈에 띄어 '당신네 딸이 웬 남자랑 손잡고 돌아다니더라' 하는 말이 부모님 귀에 들어갔다. 자율학습 땡땡이도 뜻대로 되지 않았다. 어제 누구네 딸이 야자 안 하고 시내 돌아다니더라는 소식 역시 어김없이 목적지를 찾아 흘러들어갔다. 사생활이란 게 없었다. 내 사생활은 CCTV보다 무서운 동네 어른들의 눈에 스캔되어 즉시 부모님에게 전송되었다. 그리고 부모님에게 지역 사회의 평판이란 너무나 소중한 것이었다.

내게 들려오는 남의 사생활도 문제였다. 듣고 싶지 않은 타인의 TMI(too much information)를 매 순간 들어야 하는 것도 고통이었다. 뉘 집 딸이 사고를 쳤다더라, 뉘 집 아들이 대학에 떨어졌다더라, 뉘 집 부모 사업이 망했다더라 하는 이야기들은 성당이라는 종교 사회와 지방 소도시의 좁디좁은 인맥 속에서 휘몰아쳤다.

나는 숨고 싶었다. 한편으로는 나를 드러내고 싶었지만 숨을 수 있는 공간이 필요했다. 그리고 다시 시작할 수 있는 곳이어야 했다. 내가 린다 씨와 안토니오 씨의 딸이라는 걸, 성당 앞 골목 가운뎃집 막내라는 걸, 산등성이에 위치한 여고에 다니는 학생이라는 걸 모르는 이들 속에서 완전히 새로운 자아로 다시 태어나고 싶었다. 태어나고 자라온 곳에서 '새로운 나'를 만들기란 불가능에 가까웠다. 그러니 나는 떠나야 했다.

대학에 간 이후로 거의 모든 고향의 인연을 끊었다. 내게 고향의 인연은 유아세례 같은 것이었다. 태어나자마자 천주교 신자인 부모님에 의해 천주교 신자가 돼버린 것처럼, 우연히 짝꿍이 된 옆자리 친구와 단짝 친구가 되고, 같은 성당에 다니다 보니 같은 무리가 되는 인연들. 자아가 커질수록 내가 선택하지 못한 것들에 대한 의문이 커졌다. 같은 시절을 공유하고 같은 공간을 지내왔기에 나눌 수 있는 우정이나 사랑이 무의미하진 않았다. 누구라도 유년의 시간이란 그런 선택할 수 없는 요소들로 채워지기 마련이니까. 어차피 태어나는 것부터가 내 선택은 아니지 않은가. 하지만 언젠가 내게 '선택권'이 주어졌을 때, 그 기회를 놓쳐서는 안 된다고 생각했다. 한번 자리를 잡으면 벗어날 수 없을 것 같았다.

새로운 나로 살고 싶다는 욕망은 랜선 자아를 생성하는 데까지 옮겨갔다. 나는 여러 자아를 만들어가며 여러 인터넷 플랫폼을 전전했다. 이글루스에서의 나, 네이버 블로그에서의 나, 다음 카페에서의 나, 개인 홈페이지에서의 나, 싸이월드에서의 나, 프리챌 커뮤니티에서의 나. 수많은 '나'들이 생겼다가 사라졌다. 나는 그 과정을 꽤 즐겼다. 재밌지 않은가! 클릭 한 번으로 새로운 이름과 새로운 자아가 탄생한다. 원하기만 하면 언제든 사라질 수도 있다. 그것은 나이기도 하고 내가 아니기도 했다.

트위터는 내가 원한 익명성으로 가득한 곳이었다. 한 플랫폼을 오래 사용하다 보면 결국 완전한 익명이 될 수는 없지만, 트위터에서의 인격은 일종의 캐릭터였다. 타임라인은 말 그대로 '실시간'의 세계였으므로 언제 어떤 순간에 어떤 트윗이 노출되느냐에 따라 수많은 얼굴을 가질 수 있었다. 얼굴은 많지만 이름은 없는 세계. 그것이 내가 원한 천국이었다.

퍼스널 플레이스가 필요합니다

새로운 캐릭터를 구축할 수 있다는 트위터의 속성과 장점을 모르고 멍청하게도, 직업과 소속 같은 개인정보를 떡하니 프로필에 내놓고 트위터를 한 적이 있다. 출판계 사람들과의 트위터 인연에 신이 나 더 많은 편집자를 만나고 싶은 욕심 때문이었을 것이다.

당시 다니던 출판사 사무실은 상당히 오래된 건물이었다. 그래선지 종종 사무실에 쥐가 나왔다. 정말 끔찍하게도, 아침에 출근했을 때 의자에 쥐똥이 다소곳이 놓여 있던 적도 있다. 나는 여러 번 그 사실을 회사에 알리고 세스코를 부르든 뭘 하든 조치를 취해달라고 요청했다. 그러나 '너희들이 야식을 먹고 남긴 음식물을 아무 데나 방치해서 그런 거니까 처리를 제대로 하라'는 식의 공지만 내려왔을 뿐 내 요청은 묵살당했다.

하루는 화장실에서 볼일을 보고 있는데 쥐가 머리 위 환풍구로 투다다다다닥 소리를 내며 지나갔다. 쥐의 흔적을 목격한 일은 종종 있었지만 그토록 생생한 실존을 느낀 건 처음이었다. 나도 모르게 악소리와 함께 쌍욕을 내뱉었다. 그리고 그 자리에서 휴대폰으로 트윗을 썼다.

씨발 방금 회사 화장실에 쥐 나왔어.

몇 시간 지났을까, 상사가 조용히 불렀다.

"이런 얘기하게 돼서 정말 미안한데 방금 본사
에서 전화 왔어…. 그 트윗 좀 내리래."

나는 반발했다. 왜 회사가 개인 SNS 사용에 이
래라 저래라 하느냐, 글을 삭제하라니 이건 명백한
월권 행위다, 지금 직원 사찰하는 거냐, 이건 사생활
침해다, 회사가 나한테 이럴 권한은 없다, 씩씩거리
며 화를 내는 내 앞에서 상사는 쩔쩔맸다.

"알아, 알아. 회사가 잘못하는 거 알아. 근데
니가 트위터를 소속을 밝히고 하잖아. 우리가 출판
사만 있는 것도 아니고 다른 계열사도 있고 한데 요
즘 이런 문제로 예민하잖아. 이러는 게 잘못된 건 아
는데 한 번만 지워줘라. 응?"

식품에서 벌레나 이물질 같은 게 나오는 사건
이 연일 보도되던 때였다. 소비자들의 분노가 들끓
던 시절이라 회사는 그런 문제에 민감했을 것이다.
계열사 중에 식품회사가 있었으니 본사 입장에서는
내 트윗이 신경이 쓰였는지도 모른다.

나는 곧바로 프로필에 있는 소속을 지웠다. 분하지만 회사 건물에 쥐가 나왔다고 쓴 트윗도 지웠다. 그리고 다시는 실제 소속을 프로필에 적는 일 따위는 하지 않았다. 아무래도 바보 같은 짓이었다. 트위터의 재미에 취해 익명성의 가치를 잠시 잊은 대가는 혹독했다.

다음 날 즉시 방역업체가 출동했다. 동료들은 그렇게 말해도 꿈쩍 안 하던 회사가 트윗 하나에 움직였다며 '역시 내부고발 짱!'을 외치며 환호했다. 뜻밖의 소원 수리였다. 나는 턱을 들어올리고 "그러니까 좋은 말로 할 때 세스코 좀 불렀으면 됐잖아" 하며 괜히 으스댔다.

그러나 내부고발이고 자시고 회사 계정이 내 계정을 인지하고 있다는 사실은 여전히 매우 껄끄러웠다. 당장 프로필의 소속도 지우고 닉네임도 바꿨지만, 이미 나를 팔로우하고 있는 회사 계정을 피할 길은 없었다. 스스로 정체를 밝히다니. 정말 어처구니없는 일이 아닐 수 없다(그때도 차단이라는 기능이 있었는지는 기억나지 않지만, 최근까지도 내가 누군가를 차단해봤자 다른 계정이 내 트윗을 알티하면 차단당한 계정도 내 트윗을 볼 수 있었다).

트위터 사람들한테 제일 무서운 이야기는 현실

친구나 가족, 직장 상사 등이 내 트위터 계정을 알게
되는 것.

　실제 세계에서는 평범한 대학생, 직장인, 엄마
등으로 일코(일반인 코스프레)를 성공적으로 수행하
며 살지만, 내가 좋아하는 것! 내가 파는 것! 내가 욕
하고 싶은 것! 이런 것을 트위터에서만큼은 마음껏
펼쳐놓았으니 얼마나 엄격하게 현실의 나와 트잉여
인 나를 분리했겠는가. 바로 그랬기 때문에 트위터
에 숨어 자유로울 수 있었는데 내 계정이 나라는 게
밝혀지다니.

　나의 경우 팔로어가 갑작스럽게 늘면서 트윗을
쓰면 알티되는 횟수도 동시에 늘었다. 예전 같으면
알티가 백 번 정도만 돼도 '오, 알티 크게 터졌네' 했
는데 이제는 천 단위, 만 단위가 넘어가는 일이 자주
생겼다.

　내 트윗이 여러 번 알티되는 것이 무슨 변화를
불러오겠나 싶었는데 뜻밖의 부작용이 있었다. 페이
스북에 짤방을 올려 광고 수익을 얻는 자들이 트윗
을 무단 캡처하기 시작했다. 처음에는 '무단'이라는
데서 화가 났고, 그것으로 '수익'을 얻는다는 데서
두 번째로 화가 났다. 무엇보다 내가 모르는 곳에서
내 트윗에 평가질을 하고 때론 악플이 달린다는 데

서 화가 났다. 나는 이런 게시물을 발견하는 족족 페이스북 고객센터에 저작권 침해로 신고했고 신고하는 족족 게시물은 삭제됐다.

그런데 진짜 문제는 그게 아니었다. 내 트윗을 캡처한 이미지가 온갖 커뮤니티로 퍼지고 그것이 화제를 모으면 위키트리나 인스티즈 같은 큐레이션 사이트에서 기사로 만들거나 카카오채널 같은 곳에서 마음대로 게재하기까지 했다.

그리고 그 사실을 알게 된 건 조카 때문이었다.

"이모! 이거 이모 아니에요?"

조카가 카톡으로 보내온 것은 내 트위터 아이디와 닉네임, 프사(프로필 사진)가 모두 포함된, 내가 쓴 트윗의 캡처 이미지였다.

"악! 아니야! 나 아니야!"

"ㅋㅋㅋㅋㅋㅋ"

"너… 혹시 이모 팔로우했니?"

"ㅋㅋㅋㅋㅋㅋ넹"

"이런 거 물어보는 거 트잉여끼리 예의가 아닌 거 알지만 그래도… 너 계정 뭐야, 불러봐!"

"ㅋㅋㅋㅋ 저는 그냥 NCT 파는 계정인데여."

나는 조카를 차단했다. 휴우… 찌질하지만 어쩔 수 없었다. 조카의 트친이라니. 조카가 트친이라니. 생각만 해도 식은땀이 났다. 온전히 자유로울 수 있는 거의 유일한 구멍이 트위터였는데 조카라니, 조카라니!

　내가 나고 자란 고향을 주제로 한 그림 전시회에 간 적이 있다. 작가는 몸과 마음이 너무 힘들었을 때 우연히 이 작은 소도시를 방문했다가 그곳의 여유로움에 반해 몇 년을 지내며 작품을 만들었다고 했다. 그곳이 자신에게 큰 위로가 되었다고, 그렇게 아등바등 살지 않아도 된다고, 좀 쉬어도 된다고 자신에게 말해주는 것 같았다며 내 고향에 각별한 애정을 쏟아냈다. 환하게 웃으면서 내게 동의를 구하는 눈빛을 보내는 것 같았다. 그러나 나는 고개를 끄덕일 수도, 공감의 리액션을 할 수도 없었다.

　나는 갤러리를 빠져나오며 '그건 당신이 그 안에 속해 있지 않기 때문이에요'라고 중얼거렸다. 작은 동네의 정, 여유, 소박함, 느림, 낭만. 그런 것은 선택권이 있을 때나 느낄 수 있는 사치일 뿐이다. 잠시 스쳐 지나가는 이방인의 낭만을 그곳의 주민이었던 내가 공감하기는 어려웠다.

　지역 사회는 말 그대로 '동네가 좁아서' 살다 보면 금방 아는 사람으로 채워진다. 한 사람의 생활 반경이란 그리 넓지 않다. 지역 사회는 동네가 좁아서 지역 자체가 생활 반경이 돼버린다. 그러니 숨을 곳이 없다. 고향을 벗어나 다른 도시 혹은 대도시에서 산다 해도 살다 보면 생활 반경 안에서 아는 사람이 생기고 아는 사람끼리 일부러 서로를 외면하진 않을 것이다.

내가 간절히 바란 것은 내가 원할 때, 생활 반경이 겹치지 않는 공간에서, 모르는 사람들을 무심히 지나칠 수 있는 기회였다. 그것이 때론 대도시의 삭막함이나 이웃 간의 무관심, 현대인의 개인주의 같은 비판으로 이어지더라도, 그로 인해 누릴 수 있는 자유보다 중요하지는 않다.

트위터는 내가 생각했던 대도시와 가장 닮았다. 우리는 언제든 서로를 무심히 지나쳐 갈 수 있다. 원한다면 교류할 수도 있고 때론 '친구'가 되기도 한다. 모르는 사람이 툭 던진 정보를 획득해도 굳이 그에 보상할 필요가 없다. 사생활을 간섭하는 것은 무례한 일이라는 데에 모두가 동의하므로 함부로 타인의 삶에 개입하려 들지 않는다.

나에게 익명성의 가치란 적당한 거리를 유지한 채 나의 영역을 존중받는 것이다. 무관심이라 해도 좋다. 그로 인해 나는 조금 더 자유로울 수 있으니까. 트위터에서 새로운 나를 생성한다는 것이 진실되지 못한, 가식처럼 보일지도 모른다. 하지만 동시에 트위터는 내가 가장 나인 채로 살 수 있는 공간이기도 하다.

조카를 제외한 가족 누구도 트위터를 할 줄 모른다. 이 책이 출간되어도 가족들에게 보여줄 수는 없을 것이다. 혹시 알게 된다 해도 트위터 생태계를 전혀 모르는 가족들은 첫 페이지를 열자마자 금방 흥미를 잃을 것이다. 트위터가 망해서 없어지는 그날까지 영원히 그들이 트위터를 몰랐으면 좋겠다.

다정한 랜선 이모의 마음

모두가 음봉이의 건강과 안전을 걱정했다. 음봉이는 잭러셀테리어를 닮은 흔한 믹스견이다. 누리라는 개의 보호자이자 반려견 놀이터를 운영하는 분의 트윗으로 음봉이는 세상에 알려졌다. 음봉이는 누군가가 시골 양조장 앞에 유기한 새끼 강아지였다. 그곳 지역명이 음봉삼거리라서 음봉이라는 이름이 붙었다. 편의점에서 일하는 청년이 종종 밥을 주며 돌보고는 있지만 정식으로 입양한 것은 아니어서, 음봉이는 홀로 위험천만한 찻길을 지나다니며 거리 생활을 한다고 했다.

트위터에는 유기견·유기묘의 입양처·임시보호처를 찾는다는 글이나 자신의 반려견·반려묘가 실종되어서 찾는다는 글이 자주 올라온다. 볼 때마다 너무 안타깝고 보호자를 찾았다는 후기를 보면 마음이 벅차곤 한다. 한편으로는 워낙 유기동물에 관한 소식이 잦다 보니 조금 무더진 것도 사실이다. 음봉이도 곧 지자체나 보호소에 의해 구조될 것이고, 운이 좋다면 새 가족도 찾을 수 있으리라 생각했다.

그러나 음봉이는 여전히 도로와 주차장을 전전하며 위험한 거리 생활을 이어나갔다. 누리 보호자는 자신의 반려견 놀이터로 놀러 오는 음봉이를 거둘 수는 없지만 그렇다고 거리 생활을 모른 척할 수도 없어 반쯤 음봉이의 주간 보호자가 됐다. 수시로 음봉이 소식을 트위터에 올리고 음봉이의 새 가족을 찾는다며 호소했다. 음봉이가 혹시라도 차에 치였을까 봐, 다음 날 죽었다는 소식을 들을까 봐 밤마다 잠을 이루지 못한다고도 했다. 그러나 그러고도 꽤 오랫동안 새로운 가족을 만났다는 소식이 없었다.

그리고 드디어, 음봉이의 입양 소식이 날아들었다. 여느 때처럼 무심하게 타임라인을 훑다가 난데없이 기쁨과 눈물과 축복이 넘쳐나는 트윗들을 발견하고는 나도 모르게 외쳤다.

"아! 음봉아!"

마당 넓은 집에 사는 가족들에게 음봉이가 입양 가게 되었다는 소식은 계속해서 리트윗되었다. 타임라인은 음봉이로 대동단결했다. 너도나도 음봉이 이름을 외치는 트윗들이 넘실댔다. 휴대폰을 붙들고 울고, 밖에서 친구들을 만나 푸념을 늘어놓다가 음봉이 소식에 기쁨의 환호성을 내지르고, 음봉이를 돌봐준 누리 보호자에게 감사를 보내고, 하염없이 ㅠㅠㅠㅠ를 찍고…, 모두가 감격했다.

도대체 얼마나 많은 사람이 음봉이를 지켜보고 있었을까. 내 트친들이 유난히 음봉이를 아낀 것인가 싶어 음봉이 이름으로 트위터 글을 검색했다. 그날 중으로 다 스크롤을 내릴 수 없을 만큼 음봉이 입양 축하 트윗은 끝도 없이 이어졌다. 축제였다. 음봉이의 위태로운 거리 생활을 안타까워하고, 마음은 벌써 입양을 하고도 남았지만 그럴 수 없는 처지를 아쉬워하며 부디 하루 빨리 좋은 가족을 만나기를 응원해온 조용한 마음들이 한꺼번에 터져 나왔다. 세상에 이렇게 눈물겨운 축복이 또 있을까. 음봉이의 입양을 축하하는 도대체 님의 트윗을 읽고 나도 그만 울컥하고 말았다.

만난 적 없는 어느 개의 행복을 함께 기뻐하는 마음이 우리에게 있다…. @도대체

2015년 3월 8일, 15년 동안 나와 함께 산 나의 사랑하는 개 짜르가 떠났다. 나는 갑작스러운 짜르의 죽음을 받아들이지 못했다. 짜르를 품에 안고 3일을 보냈다. 짜르의 몸이 차갑게 식은 걸 느끼며 제발 마지막 인사를 할 수 있게 나에게 한 번만 기회를 달라고 빌었다. 그럴수록 나에게 그런 기회는 없다는 걸, 짜르는 이제 영영 떠나버렸다는 걸 확인할 뿐이었다.

짜르가 죽었다. 이 말을 아무리 떠올려봐도
실감이 나질 않아서 여기에 적어본다.

트윗을 올리자 평소 짜르를 예뻐해주고 칭찬해
주고 귀여워해주었던 수많은 랜선 이모의 멘션이 이
어졌다. 좋은 곳으로 갔을 거라고, 더 이상 아프지
않을 거라고, 평안히 쉬고 있을 거라고, 이곳에서 행
복했을 거라고, 그러니 힘을 내라고….

나는 더 많이 울었다. 정작 나는 짜르에게 잘
가라는 말도, 편히 쉬라는 말도 해주지 못했다. 갑자
기 떠난 개가 원망스럽고 죽음을 인정할 수도 없어
서 그저 품에 안고 울부짖었을 뿐이다. 그러다 순간
정신이 들었다. 잘 보내주어야 한다. 내가 할 일은,
잘 보내주는 것이다. 겨우 자리에서 일어나 화장할
곳을 알아보고 장례를 치렀다. 뜨거운 불 속으로 들
어가는 짜르를 보면서 한 번 더 무너졌다.

그러면서 좋은 곳으로 갈 거라고, 더 이상 아프
지 않을 거라고, 평안히 쉴 거라고 말을 건넨 마음들
을 떠올렸다. 만난 적도 없는 개의 죽음에 마음을 나
눠준 사람들을 생각했다. 어쩐지 짜르에게도 그 마
음들이 가닿을 것만 같았다. 괜찮을 거야 짜르는. 아
마 괜찮을 거야.

온라인은 피상적인 것, 진짜가 아닌 것, 허상에 불과한 것이라며 폄하하는 이들이 있다. 그들에게 '랜선 ○○' 같은 용어는 우습게 들릴지도 모르겠다. 사람과 사람이 직접 만나고 얼굴을 마주하고 육성으로 대화하고 교감하는 것만이 진짜라고 믿은 시절이 내게도 있었다(그래서 '번개'를 하지 않았던가). 그도 그럴 것이 웹에서 오래 생활하다 보면 불같이 타오르던 것들이 순식간에 사라지거나, 진짜라고 믿어온 것들이 모두 거짓이었음을 깨닫는 일이 많아진다. 그럴수록 웹에서 만난 존재나 거기서 맺은 관계들을 쉽게 냉소하게 된다. 당연히 '트위터 생활'을 오래 하면서 나도 그런 경계심을 늦추지 않았다.

그런데 이상하게 동물들에게만은 한없이 관대해졌다. 작가 금정연은 어느 글에서 자신이 트위터를 하는 이유는 두 가지라고 했다. 1. 개 사진을 보기 위해서. 2. 개 동영상을 보기 위해서.

트위터에서 개나 고양이 같은 반려동물은 '니 새끼 니 눈에나 예쁘지' 하는 말이 통하지 않는다. 남의 개 사진에 하트를 누르고 남의 고양이 사진을 저장하고 남의 고슴도치, 거북이 사진을 리트윗하는 트잉여들에게 동물 사진은 사진이 아니라 동물 그 자체인 것처럼 보인다. 함께 살 여건이 되지 않아서 남의 고양이 사진만 구경하다가 "나만 고양이 없어!" 절규하는 트친들은 또 얼마나 많은가.

그 마음들은 마음만으로 끝나지 않는다. 누군가가 잃어버린 반려동물을 찾아주기 위해 부지런히 전단지를 리트윗하고, 안락사 위기에 놓인 동물들의 소식을 트윗해 임시보호자를 찾아주고, 음봉이처럼 오랫동안 가족을 찾지 못한 유기견에게 물품을 보내거나 후원을 하기도 한다. 동물 가족을 떠나보낸 이들을 온 마음으로 위로하고 새로운 동물 가족을 맞은 이들에게 진심으로 축복을 전한다.

이것들은 과연 온라인에만 존재하는 허상일까. 가볍고 피상적인, 곧 사라져버릴 트위터의 유희일 뿐일까. 아무래도 상관없다. 보는 것만으로도 기쁘고 행복한 동물 친구들이 궁디를 흔들며 귀여움을 뿜뿜 내뿜고, 다정하고 고마운 마음들을 아낌없이 나눠주고 있다. 피상적이면 어떻고 가벼우면 어떤가.

먼저 간 짜르 뒤에 남은 일일이를 더 열심히 자랑하려고 나는 개 계정을 팠다. 1. 개 사진을 올리기 위해서. 2. 개 동영상을 올리기 위해서. 일일이 전용 계정을 만들었다는 얘기다. 계정을 만들자마자 랜선 이모들에게서 팬아트를 선물 받았다. P님은 일일이가 당당하게 고개를 쳐들고 있는 사진을 그림으로 그려주었고, K님은 곱실곱실한 털 사이로 발톱이 도드라져 보이는 일일이를 그려서 보냈다. 아, 다정한 랜선 이모들. 그들은 언제나 일일이의 건강과 행복을 빌어줬고, 나는 그것을 일일이에게 읽어줬다.

"@△△△△△ 이모가 너 만수무강하래."

물론 일일이는 개껌이나 내놓으라는 표정을 지을 뿐이지만.

성실한 개러의 삶

즐겨 보는 어느 유튜버의 영상을 틀었다가 혼자 빵 터졌다. 동료들이 영상의 주인공을 속이면서 깜짝 선물을 주는 이벤트를 찍은 영상이었다. 영상의 주인공은 이윽고 이 모든 것이 동료들의 작당이었음을 알게 된다. 그리고 동료들의 선물에 감동하면서도 그 와중에 되묻는다. "이거 왜 안 찍었어요?"(물론 찍었으니까 봤다).

그는 동료들이 자신을 속여 당황한 것보다도, 깜짝 선물을 받아 기쁜 것보다도 이 좋은 '분량'을 왜 놓쳤느냐는 말부터 했다. 못 말리는 유튜버들 같으니.

자신들의 시시콜콜한 일상을 영상으로 담는 유튜버들은 사소하게 벌어지는 사건 하나하나에도 유튜브를 떠올린다. 일상 영상을 올리는 유튜버들이 자주 하는 말이 있다.

"깜빡하고 카메라를 안 켰어요!"

"카메라를 안 가져가서 못 찍었어요!"

재미있는 것, 좋은 것, 소개하고 싶은 것이 나타날 때마다 구독자들에게 보여주고 싶어 하는 유튜버의 습성이 너무 잘 드러난 말이다. 트위터에 개 계정을 만든 후에 나도 자주 이 말을 외친다.

"아, 놓쳤다!"

아, 방금 일일이가 엄청 귀여운 짓 했는데, 방금 일일이 코 고는 거 엄청 웃겼는데, 방금 뛰어오는 거 슬로모션으로 찍었으면 진짜 잘 나왔을 텐데…. 잽싸게 카메라를 들이대지 못해 일일이 영상을 담지 못한 것을 하루에도 몇 번씩 아쉬워한다. 이 영상 트위터에 올리면 랜선 이모들이 짱 좋아할 텐데!

일일이와 관련해 재미있는 일이 생겼거나, 산책 중에 좋은 사람 혹은 나쁜 사람을 만났거나, 생일을 맞이했거나, 너무 예쁜 짓을 했을 때, 나는 곧장 머릿속으로 떠올린다.

'이거 트위터에 써야지.'

아무도 요구하지 않았지만 괜히 혼자서 이 소식을 트위터로 알려야 한다는 강박에 사로잡힌다. 개만 보면 트위터에 올릴 생각부터 하는 게 앞뒤가 맞는 건지 모르겠지만, 어디선가 나의 개를 향한 마음들이 우르르 밀려온다고 생각하면 자꾸만 비실비실 웃음이 새어나온다.

개가 산책하는 모습을 잘 찍는 노하우도 생겼다. 한 손에 목줄, 한 손에 똥 봉지를 들고서 개가 산책하는 역동적인 모습을 사진에 담기란 쉽지 않다. 기껏해야 빵실한 궁둥이와 꼬리, 바닥에 코를 박고 있는 뒤통수나 사진에 찍힐 뿐이다. 개는 언제나 나보다 앞서가니까. 이래서야 우리 개의 '개신남'을 보여줄 수가 없잖아. 주변에 사람이 없을 때 나는 얼른 몸을 숙여 카메라를 최대한 밑으로 내리고 후다닥 사진을 찍는다. 오, 뭔가 개와 눈높이가 맞는 사진이 나온다. 약간 더 자신감이 생기면 아예 바닥에 쭈그리고 앉는다. 하지만 여전히 개와 눈높이가 맞는 개 궁둥이가 찍힐 뿐이다. 아무리 이름을 불러봐도 잔디에 코를 박고 냄새 맡기 바쁜 개의 고개를 돌리기 쉽지 않다. 이때 목줄을 살짝 당기면 방향을 튼다는 강아지 대통령 강형욱 훈련사의 말이 떠올랐다.

"일일아! 가자!"

소심하게 목줄을 살짝 당기면서 이름을 외치자 일일이가 거짓말처럼 환한 얼굴로 고개를 돌려 나에게 달려온다. 바로 이거야! 쭈그리고 앉아 핸드폰 카메라 버튼을 마구 누른다. 수시로 사람들이 오가는 산책로에서 똥 싸는 자세로 앉아 개 이름을 부르며 휴대폰을 들이대는 것만으로도 충분히 쪽팔린다. 그러나 주변에 사람이 있든 말든, 우리 개의 예쁨을 담아야 해! 그렇게 해도 개는 너무 빠르고 내 손은 너무 느리다. 온갖 심령사진들이 휴대폰 저장 공간을 다 잡아먹는다. 죽어라 연사를 누를 수밖에.

산책을 마치고 집에 들어오면 개 발바닥을 닦아주기 무섭게 소파에 드러누워 개 사진을 고른다. 연사로 찍은 수십 장 중에 트위터에 올릴 만한 잘 나온 사진을 고르는 경건한 의식이다. 트윗 하나에 사진을 네 장까지만 올릴 수 있으니까 최고의 귀여움 네 장을 고를까, 최고의 연속 동작 네 장을 고를까, 최고의 순간 포착 한 장을 뽑을까, 중대한 결정을 내려야 한다. 고민에 고민을 거듭한 끝에 사진을 고르면 두 번째 고민에 휩싸인다. 어떤 코멘트와 함께 트윗할 것인가. 1인칭 일일이 화법으로 쓸까, 3인칭 개엄마 화법으로 쓸까, 상황을 자세히 설명할까, 쿨하게 단어 몇 개로 여운(?)을 남길까, 패러디를 할까,

그냥 ㅋㅋㅋ를 무한 반복할까…. 이게 뭐라고 그렇게까지 고민하나 싶겠지만, 개 계정을 판 이상 나는 훌륭한 '개러'이고 싶다.

조금 번거롭지만 실내 사진은 되도록 미러리스 카메라로 찍는다는 것도 나만의 원칙이 되었다. 아주 밝은 라이카 렌즈를 장착한 미러리스 카메라는 일일이를 실제보다 더 뽀얗고 맑갛게 담아낸다. 사진을 찍고 카메라와 휴대폰을 와이파이로 연결하고 전용 앱을 켜서 사진을 하나씩 옮겨야 하는 귀찮음을 감수할 가치가 있다.

트위터에는 매일 새로운 '동물 계정'이 생성된다. 처음에는 자기 일상의 일부로 반려동물 사진이나 동영상을 올린다. 그러다가 점점 동물 지분이 늘어난다. 내 트위터인지 '우리 애' 트위터인지 분간하기 어려워질 때쯤 단독으로 개 계정 혹은 고양이 계정을 만든다. 그러면 누군가는 동물 계정만 구독하는 리스트를 만들어 그들의 귀여움을 감상한다. 우리 개의 귀여움을 자랑하고 싶은 마음과 남의 개의 귀여움을 구경하고 싶은 마음이 만나 트위터 동물 생태계가 살아 숨 쉰다.

온갖 이야기가 매일 격돌하는 트위터 세계는 현실보다 더 응축된 파이팅이 넘실대는 듯 보인다.

때론 머리를 식히러 트위터를 켰다가 더 큰 피로를 느끼곤 한다. 그럴 때 구독하는 동물 계정에 들어가 마음의 평화를 찾는다. 투명하고 무해한 존재. 그런 존재와 교감하고 사랑하는 사람들의 일상이 타임라인에 펼쳐질 때, 나를 지치고 힘들게 하는 현실이 잠시나마 사라진 것 같은 평화의 순간을 맞이한다.

긴 하루를 보내고 집에 도착해 현관문을 열었을 때 끊어질 듯 격하게 꼬리를 흔들어대며 나를 반갑게 맞이하는 개, 코를 실룩 발을 까딱 움직이며 노곤한 잠에 빠진 개, 그 개를 바라볼 때의 행복을 전염시키고 싶은 마음.

온갖 이슈에 날카롭고 통렬한 견해를 거침없이 펼치지만, 동물에게만큼은 한없이 관대한 트위터 사람들은 그런 마음에 기꺼이 빠져들 준비가 되어 있는 것 같다. 동물은 누구라도 한순간에 무장해제할 수 있는, '인간 따윈 필요 없어, 동물이 최고야' 하는 마음을 먹게 하는 그런 존재니까.

일일이 계정에 일일이 사진을 올리고, 남의 동물 계정을 구경하면서 한없이 너그러운 이모 미소를 짓는다. 그들도 나처럼 동물들의 이름 뒤에서 부지런히 사진과 영상을 올리며 '동네 사람들, 우리 애 간식 받아 먹는 것 좀 보고 가세요'를 외치고 있다고 생각하니 킥킥 웃음이 나온다.

개의 시간은 짧다. 개의 시간은 사람의 시간보다 빠르게 흐른다. 짜르를 보내고 더 아프게 실감했다. 그래서 더 기록에 집착하는지도 모르겠다. 어디가 아프면 걱정해주고 좋은 일이 생기면 축하해주는 랜선 이모들의 사랑을 일일이가 잔뜩 받을 수 있게 해주고 싶다. 그런 사랑스러운 시간들이 너의 이름으로 오래 남으면 좋겠다.

매일 일일이를 쓰다듬으며 생각한다. 내가 너를 이렇게 쓰다듬는 10분이 너에게는 80분의 시간이겠지. 나도 80분만큼의 행복으로 기억할게. 지금 니가 배를 내밀며 노곤한 눈으로 나를 바라보는 이 시간을 너의 시간으로 사랑할게. 그리고 언젠가 우리가 헤어져야 한다면, 나는 네 이름으로 된 타임라인을 수백 번 수천 번 훑으면서 너의 모든 순간을 떠올릴 거야. 니가 밥을 먹지 않아 걱정돼 내가 직접 밥그릇에 얼굴을 들이대고 "너 밥 안 먹으면 엄마가 다 먹어버릴 거야!" 협박하던 그 시간으로, 나는 언제든 돌아갈 준비가 되어 있어. 나는 못 말리는 트잉여 개엄마니까.

중독 치료가 시급한가

나는 2010년 2월부터 트위터를 했다. 2015년 여름, 마지막으로 다닌 회사를 퇴사할 때까지 나를 팔로우하는 계정의 수는 약 5천이었다. 그런데 프리랜서가 된 지 1년 만에 팔로어 숫자가 1만 5천이 되었다. 대체 무슨 일이 벌어진 건가.

대학을 졸업하고 10여 년 동안 퇴사와 입사, 퇴사와 재입사를 반복했다. 그러다 결국 조직 생활을 끝내야겠다고 다짐하게 된 순간이 왔다. 다시는 입사도 퇴사도 하고 싶지 않았다. 일단 내가 종사하는 직업군은 조직에 소속되지 않고도 프리랜서로 일할 수 있으니 당장은 어떻게든 먹고살 길이 있으리라 생각했다.

그리 길지 않은 직장 생활이었지만 그 시간을 지나오며 확실히 깨달았다. 나는 조직 친화형 인간이 아니었다. 조직 적응력은 뛰어났는지 몰라도 도저히 조직과 친해질 수 없었다. 별 공통점도 없는 사람들을 한데 모아 '우리는 식구!' 같은 구호를 외치게 하는 기이한 기업 문화가 끔찍했다. 연차가 쌓이고 직급이 올라갈수록 팀 단위의 단합과 화합을 책임지는 역할까지 맡아야 했다.

무엇보다 마지막으로 다닌 회사가 가라앉고 있

었다. 대표이사는 궤변으로 해고를 정당화하면서 사람들을 내보냈다. 조직은 점점 더 축소되었다. 안 그래도 조직이 싫은데 그 조직의 미래까지 암담했다. 더 버틸 이유가 없었다.

뭘 하든 조직이 아닌 곳에서 내가 할 수 있는 걸 하자. 처음 출판사에 들어왔을 때 '내가 가진 재주가 뭔지는 몰라도 할 수 있는 건 다 해볼 테니 나를 뽑아 쓰시오' 했던 것처럼. 나를 필요로 하는 곳에서 부르면 뭐든 했다. 단행본 외주 편집 일을 기본으로 받으면서 사진·영상 촬영, 오디오 편집, 인터뷰, 리라이팅(원고를 새로 쓰는 수준으로 다듬는 일), 녹취(녹음된 음성을 문서로 만드는 일), 가리지 않았다. 가욋일을 부지런히 해온 편집자는 여러모로 쓰일 곳이 많았다. 그렇게 프리랜서 생활이 이어졌다.

물론 프리랜서가 되어서, 시간이 많아져서 트위터를 폭주하게 된 건 아니다. 오히려 프리랜서는 회사 다닐 때보다 더 많이 일해야 겨우 월급과 비슷한 수입을 얻고 생계를 유지할 수 있다. 나는 원래 회사에 다니면서도 트위터를 엄청나게 해댄 완성형 트잉여였다. 다만 회사 다닐 때와 프리랜서가 된 지금 달라진 것이 있다면 트위터를 찾는 나의 마음과 공감의 스펙트럼일 것이다.

회사 다닐 때 부지런히 트위터를 하면서 빼먹지 않은 건 저자들의 계정을 사찰(?)하는 것이었다. 그러다 마감 기한이 지나도록 원고는 주지 않는 저자가 쓴 이런 트윗을 보면 속이 터질 것 같았다.

"아, 마감해야 되는데."

이런 트윗을 볼 때마다 당장이라도 멘션을 보내 독촉하고 싶었다.

"선생님, 마감해야 된다고 트윗을 쓸 시간에 마감을 하십시오."

그러나 아는 척을 하면 아예 숨어버릴까 봐 그저 지켜볼 수밖에 없었다. 트위터에는 나의 저자뿐 아니라 마감해야 되는데 일하기 싫다고 징징 울고 있는 마감노동자들이 정말 많았다.

타임라인에 정말 자주 등장하는 또 다른 트윗은 세상 우울하다, 죽고 싶다는 말들이다.

'우울하다는 트윗을 저렇게 열심히 쓸 정도면 아직 살 만한 것 아닌가.'

일이 너무 바빠 죽겠다면서 그 일이 얼마나 많고, 얼마나 짜증 나고, 얼마나 바쁜지 설명하는 트윗을 볼 때도 마찬가지로 한숨이 나왔다.

'아니 그렇게 바빠 죽겠으면 트위터를 하지 말고 일을 하면 될 거 아냐.'

그런데 이제 나에게도 마감이 생겼다. 책 만드는 과정에서 외부 용역으로 의뢰 받은 일을 하면 필연적으로 납품 기일이 정해진다. 그렇다, 프리랜서가 된다는 것은 마감노동자가 된다는 것이다.

그러므로 나는 보면서 속이 터지고 한숨이 나왔던 저 트윗들을 정확히 재현하고 있다. 마감이 코앞일수록 일은 손에 잡히지 않는다. 그럴수록 자꾸만 트위터로 흘러들어가 글을 남긴다.

"아, 마감해야 되는데."

마감하지 못하면서 마감해야 한다고 쓰면 마감을 할 수 있을 것 같지만 결코 그럴 리가 없다는 것을 알면서도 할 수 있는 거라고는 마감해야 한다고 쓰는 것뿐인 상태가 되는 것이다.

세상엔 트위터도 못 하는 바쁨과 트위터밖에 못 하는 바쁨이 있는 것 같다. @물고기차

물고기차 님의 트윗을 보고 머리를 감싸쥐며 나는 역시 아직 덜 바쁜 것인가 괴로워하다가 아니야, 나는 트위터밖에 못 하는 바쁨의 상태다! 여러분 이거 뭔지 알죠, 나만 이런 거 아니죠, 동의를 구하고 싶은 것이다.

괴로운 마음은 금세 우울한 마음으로 전환된다. 해야 할 일이 있지만 그것을 해내지 못하고 있을 때 괴로움은 자학으로 번진다. 왜 이런 삶을 살게 되었을까, 나는 어쩜 이렇게 아무짝에도 쓸모없는 사람일까, 한심한 나를 견딜 수 없다. 그렇게 끝도 없는 무기력에 빠져 결국 우울하다는 트윗을 쓴다.

우울을 전시하고 싶지 않지만 혼자 앓으면 진짜 미칠 것 같아서 결국 트위터에 들어오고 만다.
@리틀포레스트

리틀포레스트 님의 트윗처럼 견디고 견디고 견디다가 140자도 되지 않는 우울을 드러내고야 마는 것이다.

내 우울을 자각하고 나면 급격히 외로워져서 옛 회사 동료들을 떠올린다. H한테 옥상 가서 커피 마시자고 말하고 싶다, L한테 퇴근하고 꼬치구이집 가서 사케 마시자고 하고 싶다, P랑 그 '빻은' 트윗 봤느냐며 같이 신나게 비웃고 싶다. 회사 생활에서 숱하게 맞닥뜨린 다크사이드는 순식간에 잊히고 동료들과의 소소한 우정들이 자꾸만 떠오른다. 그럴수록 혼자인 내가 더 초라해진다.

그러나 내게는 트친이 있지(물론 동료들도 모두 트친이다)! 우리 트친 여러분은 지금 뭐 하는지 좀 볼까? 어느새 마감은 안중에도 없고 쉴 새 없이 타임라인만 스크롤하고 있다. 마감이야 어떻게든 되지 않을까! 마감이 임박하면 마음이 급하니까 임박 호르몬(!)이 분출돼서 초인적인 집중력을 발휘하게 될지도 몰라! 정 시간이 부족하면 밤을 새우자! 마감은 점점 더 멀어지고 있다는 걸 알지만 저 깊은 내면의 트잉여가 현실 인식을 방해한다. 터무니없는 희망에 사로잡혀 '10분만 트위터 하고 일해야지'가 한 시간이 되고 두 시간이 된다. 그렇게 속절없이 트위터 중독자가 되어간다.

"야 이 트윗 봤어?"

현실 친구이자 트잉여인 친구들은 트위터에서 서로의 글을 리트윗하고 코멘트를 주고받는 것도 모자라 얼굴을 마주하고 앉아서도 휴대폰 화면으로 서로에게 트윗을 보여준다.

"야 이것 좀 봐봐. 개웃겨. 장난 아니지."

한번은 그 동료들을 만나 술을 마셨다. 한창 생리컵의 세계에 진입하고 있었을 때여서 우리는 직접 만나 각자의 생리컵 사용기를 공유하기로 했다. 명

란오징어구이와 삿포로 생맥주잔이 놓인 테이블 위로 메루나컵, 셀레나컵, 릴리컵 같은 다채로운 생리컵이 등장했다. 우리는 어떻게 접는 게 가장 삽입하기 편한가, 뺄 때는 어떻게 해야 하는가, 외부 화장실에서 세척할 때는 어떻게 해야 하는가 같은 주제로 토론을 벌였다. 한 손으로 맥주를 들이키며 다른 한 손으로는 생리컵을 들고 접었다 폈다 반복하면서 생리컵 연구에 몰두했다.

트위터에서는 생리, 생리대, 생리컵 같은 이야기가 숨겨야 할 것이 아니다. 우리는 오프라인에서 만나서도 아무 때고 생리, 생리, 생리, 입에 올리며 큰 소리로 떠들었다. 그 모임에 남자 선배들이 있다는 것도 의식하지 않았다. 아니다, 의식은 했는데 상관없다고 생각했다. '형제들이여, 생리에 대한 언급을 두려워하지 마시오.'

그러나 남자인 D선배의 눈동자는 이리저리 흔들리고 있었다. 눈을 어디에 둬야 할지 모르겠다는 난감한 표정이었다. 안절부절못하고 연신 맥주만 마셔대는 모습이 애처롭기까지 했다.

"야, D선배 왜 저러냐."

"냅둬, 저 양반 트위터를 안 해서 그래."

이제는 트위터를 하지 않는 친구를 만나면 할

얘기가 없을 지경이 되었다. 귀여운 개와 고양이, 정신 나간 정치인, 충격적인 사건, 분노를 부르는 범죄, 무릎을 탁 치게 만드는 '띵언', 생활필수품 꿀정보, 신기한 과학 상식과 의학 상식… 이 모든 이야깃거리가 트위터에 다 있다. 도대체 트위터가 없었던 시절에 우리는 무슨 얘기를 했지?

트위터를 지나치게 많이 하는 건 아닐까 하는 생각이 들었을 때, 이제 그만두어야 하나 고민하기도 했다. 그런데 뜻밖의 소득(?)도 생긴다. 트위터로 일이 들어올 줄은 몰랐다. 하루 종일 트위터에 상주하는 놈팡이처럼 보일 법도 한데, 트위터를 통해 원고 청탁이나 일이 들어왔다. 페이스북처럼 긴 글을 쓸 수 있는 플랫폼이 아닌지라 이 사람이 어떤 일을 얼마나 할 수 있을지 가늠하기가 쉽지 않다고 생각했다. 그런데 도대체 내가 얼마나 많은 말을 트위터에다 쏟아냈으면 트친 여러분께서 나의 상태를 가늠하고 원고를 맡기는 걸까. 민망하면서도 황송할 따름이다.

게다가 얼마나 트위터를 사랑했으면 '아무튼 트위터가 제일 좋아 룰루랄라' 하는 책을 이렇게 쓰고 있지 않은가(물론 이것도 원고를 넘겨야 하는 납품 기일이 있어서 '마감해야 하는데 징징'을 반복하고 있긴 하다).

그러니 생각해보면 굳이 이 중독을 끊을 이유가 있을까 싶다. 트위터를 하는 것만도 재밌는데 재밌는 거 하면서 커리어도 쌓고 생계도 해결하고 님도 보고 뽕도 따고! 이래 봬도 제가 트위터로 재미와 의미를 둘 다 획득했다! 그렇게 해피 에버 애프터로 이어졌다면 좋았을 텐데.

트위터 세상이 그리 호락호락하지가 않다. 하루에도 몇 번씩 트위터에 대한 애와 증이 교차반복된다는 게 또 문제라면 문제다.

광인이 되기 전에 멈추세요

좋아하는 기자가 있었다. 중학교 때부터 봐온 잡지에서 처음 이름을 알았고 그의 글이 좋아서 이름을 기억했다. 그 기자가 다른 잡지사로 옮겨 가고 나서도 나는 그의 글을 좋아다녔다. 영화제 홍보팀에서 일할 때 업무로 대면할 기회가 생겨 내적 환호를 지르기도 했다. 혼이 나갈 정도로 바쁜 와중에도 수줍게 명함을 건네며 고백했다.

"패… 팬입니다."

출판사에서 일하게 됐을 때도 업무 관련한 행사 뒤풀이에서 또 대면할 기회가 생겼고, 나는 그분에게 이런 바보 같은 말을 남겼다.

"패⋯ 팬입니다. 전에도 고백한 적 있지만요."

나는 그분이 편집장으로 있는 잡지를 창간호부터 빼먹지 않고 모조리 사 모았고 그분이 기고한 잡지들도 사서 읽은 사람이다. 당연히 그분의 트위터 계정을 찾아 팔로우하고 그분이 드러내는 일상과 생각까지 밀착 커버했다. 참으로 덕질하기 좋은 날들이었다.

어느 날부턴가 그분 트윗이 내 타임라인에서 보이지 않았다. 팔로어가 많아진 만큼 내가 팔로잉하는 계정도 많았으므로 누군가 트윗이 뜸하다 해도 대부분 인지하지 못하는데, 어쩐 일인지 불현듯 그분의 트윗이 내 타임라인에서 보이지 않는다는 사실을 떠올렸다. 궁금한 마음에 그분의 닉네임을 입력하고 프로필을 검색했다.

@△△△△△님을 팔로우하거나 @△△△△△님의 트윗을 볼 수 없도록 차단되었습니다.

나는 엄청난 충격에 빠졌다. 존잘님이, 그러니까 그토록 오랫동안 좋아해온 나의 최애 기자님이 나를 차단했다. 나를 팔로우하지도 않으면서 나를 차단했다. 우리는 오프라인에서 두 번이나 만나 인사도 했는데! 같이 술도 마셨는데!

트위터에서 차단은 흔한 일이다. 아주 흔한 일이면서 아주 적극적인 거부 행위다. 트위터에서 보고 싶지 않은 대상을 피하는 방법은 아주 간단하다. 팔로잉하지 않으면 된다. 무엇을 하는 것보다 무엇을 하지 않는 편이 훨씬 쉽다. 누군가의 글이 다른 사람의 리트윗으로라도 자기 타임라인에 등장하지 않았으면 하는 강력한 마음이 뒷받침될 때에야 차단이라는 번거로운 행위를 굳이 하는 것이다.

나도 수많은 계정을 차단해왔다. 너무 한심한 여혐종자라든지, 정신 나간 멘션을 내게 보냈다든지, 스팸 계정이라든지, 정치적으로 이상한 발언을 한다든지, 내게 욕을 했을 경우라든지. 그러니까 '극단적으로 교류의 가치가 없고 존중할 필요를 느끼지 못하는 계정'들을 차단한다. 내 나름대로는 상당히 엄격하고 보수적인 기준이었다. 차단하는 행위 자체에 기본 이상의 에너지가 필요하기 때문이다.

마찬가지로 각자의 기준에 따라 나를 차단하는

계정도 많았다. 보통은 서로 차단할 만한 계정이라 여기며 '맞차단'을 한다. 맞지 않는 관계를 칼같이 잘라버리는 행위를 나는 꽤 합리적이고 쿨하다고 생각했다. 코드도 취향도 가치관도 맞지 않는 사람이지만 사회적 관계나 혈연관계로 맺어져 끊어낼 수가 없으니 어떻게든 안간힘을 써서 껄끄럽지 않은 관계로 만들거나 불화를 극복하고 화해의 손길을 주고받아야 하는 사회적 인간으로서의 피로를, 트위터에서는 쉽게 내던질 수 있었다. 현실에서 실행하기 어려운 행동이라는 점에서 더 꿀맛이랄까.

그러나 호감을 갖고 팔로잉하던 대상에게 차단당했다는 것은 상당히 충격적이었다. (내가 남을 차단하는 이유가 있으니) 도대체 그분에게 내가 얼마나 해로운 존재면 이토록 적극적인 거부 의사를 밝힌 것인가. 평소 트윗이나 글을 미루어봤을 때 우리는 생각도 비슷하고 성향도 비슷한 사람이라고 생각했는데, 그저 착각이었단 말인가. 나는 충격에서 헤어나지 못한 채로 수시로 그분이 혹시 차단을 해제하지 않았는지 조심스레 검색해보곤 했다. 한번 차단하면 영영 그 계정을 볼 일이 없으므로 당연히 해제할 일도 없다는 것을 알면서도, 그런 어리석은 짓을 반복했다.

이유가 너무 궁금했다. 나의 어떤 점이 그분에게 못난 포인트로 작동했는지, 인생을 다시 돌아보고 싶을 지경이었다. 내가 뭔가 이상한 말을 했을까. 전에 만난 술자리에서 실수를 했을까. 그때 술자리에서 만난 사람과 이 트위터 계정이 같은 사람이라는 걸 알고 차단했을까 모르고 차단했을까…. 시간이 지날수록 나는 점점 더 '왜'에 집착했고 그런 나를 견딜 수가 없었다.

급기야 이유를 알기 위해 지인을 동원해야겠다는 데까지 생각이 미쳤다. 이불킥으로 대기권을 뚫어버릴 것 같은 흑역사는 그렇게 시작되고 말았다. 대체 그걸 알아서 뭐 하려고. 또 한 명의 진성 트잉여이자 그분과 친분이 있는 업계 동료는 이 상황을 매우 안타까워했다. 그러면서도 이유를 알아봐달라는 내 부탁을 매우 곤란해했다. 그리고 며칠 뒤 대답을 주었다. 이 역시 '이불 뚫고 지붕킥'을 백 번 할 만한 것이었다.

"어쨌거나 분명 이유가 있었을 텐데 그 이유가 내가 감당할 수 없는 거면 어떡해. 나는 그걸 너에게 전달할 수도 없고, 또 전달하지 않을 수도 없어. 그러니 묻지 않는 편을 택할래."

트위터는 나의 의지와 상대의 의사가 적극적으

로 맞물려 '친구'로 연결되는 플랫폼이 아니다. 그게 트위터의 매력이다. 그리고 바로 그 이유로 쉽게 망상에 빠지곤 한다. 내가 가진 호감이 상대에게 그 어떤 것도 강요할 수 없다는 것을 알면서도, 같은 호감을 돌려받지 못하거나 나의 호감을 거부당했을 때 그걸 납득하지 못하고 배신감마저 느낀다.

종종 자기 트친에게서 받은 황당한 DM(direct message. 메시지를 주고받는 당사자만 볼 수 있는 일종의 쪽지)을 캡처한 트윗들을 보게 된다.

'니가 쓴 트윗이 맘에 들지 않으니 삭제하라.'

'그동안 님의 이러저러한 점이 좋아서 팔로잉했는데 이번에 쓴 그 트윗은 나의 기대와는 다르니 앞으로는 그런 거 쓰지 말라.'

잊을 만하면 이런 사람들이 등장하고 볼 때마다 눈을 의심한다. 남의 집 마당의 사과나무가 마음에 들지 않는다며 대문을 박차고 들어와 '저것을 베어버리고 배나무를 심으시오! 나는 사과가 싫으니까!' 소리 지르는 광인과 다를 바 없지 않은가. 어떻게 저렇게 타인의 영역에 들어와 자신이 원하는 것을 당당하게 요구할까 여러 번 고개를 내저었다. 그러나 내가 그런 사람들을 욕할 처지는 아니다. 나 혼자 좋아서 팔로잉해놓고 그 사람이 나를 거부했다고 지인까지 동원해 왜 그랬는지 알아내려고 울부짖었던 걸 보면.

너무나 다행히도 트위터에는 현자들이 넘쳐나고 그들의 균형 감각은 적당한 때에 적절한 강도로 내 뒤통수를 후려갈긴다. 이유를 묻지 않는 쪽을 택한 트친이 아니었다면 나는 얼마나 더 멍청한 짓을 했을까. 그는 나와의 관계도, 나의 존잘님과의 관계도 해치지 않고 감당할 수 있을지 없을지 모르는 껄끄러운 짐을 적당히 쳐냈다. 젠틀하고 간단한 멱살잡이로 내 정신까지 차리게 해줬다. 성숙한 어른의 피를 수혈 받은 느낌이다. 오늘도 한 수 배웁니다.

좋은 놈, 나쁜 놈, 특히 이상한 놈

씻어야 하는데 아 너무 귀찮당.
ㄴ 화장은 하는 것보다 지우는 게 중요하죠!
  귀찮아도 클렌징 고고~

으으 버스 왜 이렇게 안 와.
ㄴ 버스앱을 써보세요! 언제 오는지 알 수
  있어요.

헐 원고 저장 안 했는데 정전됐어! 으악!

└ 그래서 저는 10분마다 한 번씩 저장하는
  습관이 있죠.

짜증 나.

└ 저도요.

그만! 그만해!

나의 거의 모든 트윗에 일일이 멘션을 보내는 계정이 있었다. 이 사람 혹시 나만 팔로잉하고 있는 건가 싶을 정도로 매 트윗마다 거의 실시간으로 멘션을 보냈다. 어쩌면 내가 쓴 새 트윗이 올라올 때마다 알림이 오도록 설정을 해놓았는지도 모른다. 그렇다고 해도 어떻게 아무짝에도 쓸모없는 혼잣말에까지 일일이 반응하는 걸까.

누군가가 내게 호감을 갖고 말 걸어주는 걸 싫어할 사람은 없다. 한낱 트잉여들끼리의 궁디팡팡이지만 언제나 애정 어린 눈으로 나를 지켜봐주는 존재가 있다는 게 든든한 기분마저 든다. 트위터에서의 애정은 간단히 알티 버튼과 하트 버튼을 누르는 것만으로도 충분하다.

'@△△△님이 내 트윗을 리트윗했습니다.'

'@○○○님이 내 트윗을 마음에 들어 합니다.'

이런 알림은 내 마음속에서 '내적 친밀감이 +1 증가했습니다'로 자동 변환된다.

그런데 내가 쓰는 거의 모든 트윗에 멘션을 보내는 '멘션광'이 나타나자 장르는 호러로 바뀌었다. 처음에는 잦은 멘션이 친밀감의 표현이라 생각해 나 역시 때론 다정하게 때론 유머러스하게 일일이 답을 보냈다. 어차피 트위터에 쓰는 말이 대부분 별 의미 없는 혼잣말이고 그에 반응하는 멘션 역시 크게 의미를 두지 않은 말이니 무의미에 무의미를 더한들 무슨 영양가가 있겠나. 아니 그런데 무의미에 무의미를 더한 멘션에 또 무의미한 답이 달린다.

역시 트위터는 대도시와 가장 많이 닮았다. 이놈 저놈 이상한 사람이 많다. 사람이 많이 모이는 곳이면 어디든 오만 인간이 다 모이기 마련이니까. 무서울 정도로 자주 멘션을 보내는 사람이 있는가 하면, 생전 처음 보는 계정이 뜬금없이 달려들어 싸움을 걸기도 한다. 이런 경우는 (차단하면 되니까) 사실 비교적 처리하기가 쉽다. 이보다 더 난감한 경우가 있다. 애정을 담아, 친절하게, 다정한 말투로 하나 마나 한 말을 덧붙일 때다.

비빔면의 계절이군.
ㄴ 어머! 팔도비빔면 저도 좋아하는데요,
　비빔면은 차갑게 먹어야죠.
(Water is wet 같은 소리 하네)

전형적인 '안물안궁형' 멘션도 골치다. 안 물어
봤고 안 궁금한 자기 애기를 멘션으로 보내는 사람
들. 나도 그런 적 있다, 나도 공감한다 그런 의미로
쓰는 것은 물론 아주 자연스럽다. 하지만 대체로 본
트윗과 크게 관련 없이 의식의 흐름에 따라 쓰인 경
우가 많아서 '어쩌라고?' 하는 상태가 된다.

시골의 밤은 너무 껌껌해서 무섭구만. 가로등이
하나밖에 없잖아!
ㄴ 제가 진짜 깡시골에 살았던 적이 있는데
　밤에 개가 그렇게 짖더라고요. 동네
　사람들은 참 좋았는데ㅎㅎ 가끔 아무
　때나 대문 열고 들어와서 난감하긴 했지만
　그래도 빈손으로 오진 않으니까 시골의
　정이 느껴지고 참 그립다. 그 시절이
　그립네용~
(일기는 멘션창 말고 일기장에 쓰시길…)

역시 황당한 멘션의 최고봉은 맨스플레인이다. 이런 글을 쓰는 사람이 항상 남자는 아니니 정확한 표현은 아니지만. 본 트윗을 쓴 사람이 그 분야 전문가임을 모르고 그에게 친절하게 설명해주겠다고 말을 보냈다가 시원하게 얻어터지는 안타까운 경우가 있으나, 설명하고 싶어서 안달이 난 이들은 대체로 상식을 전문 지식으로 착각하는 경우가 많다.

　　젠장, 차를 나무 그늘 아래에 파킹했는데 해가 넘어가면서 그늘이 저쪽으로 사라졌어ㅠㅠ 직사광선 작열… 내 차 완전 다크블랙이라 문 열었더니 한증막인 줄.
　　└ 빛을 가장 많이 흡수하는 색깔은 검은색입니다. 반대로 빛을 가장 적게 흡수하고 반사하는 색깔은 흰색이죠. 여름에 흰색 옷을 많이 입고 겨울에 어두운 색 옷을 많이 입는 것도 이런 원리 때문이랍니다.
　　(제가 그걸 모를까요?)

　　사회적 공분을 일으키는 사건이나 못난 정치인 소식이 실린 기사를 링크할 때 피할 수 없는 것은 멘션으로 욕을 받는 것이다. 네이버 뉴스 댓글과 트위터 멘션을 구분하지 못하는 경우다. 이 사람이 나한테 대고 욕을 하는 게 아니라는 건 알지만 생판 모르는 사람에게 다짜고짜 욕을 듣는데 기분이 좋을 리가 있나.

> 〈한쪽 눈 뽑힌 채 발견된 길고양이… 도 넘은 동물 학대〉 인간이 어쩜 이러냐ㅠㅠ
> ㄴ ××새끼! 이런 쳐 죽일 놈!
> (너 때문에 인간이 두 번 싫다)

아이돌을 건드리면 큰일 난다. 한번은 어느 아이돌의 노래를 우연히 듣고 노래가 좋다, 이 멤버 매력적이다 하는 트윗을 남겼다. 그랬더니 그 아이돌의 팬들이 '우리 애들 너무 좋죠~' 하며 우르르 나를 팔로우했다. 그러다 나중에 다른 사안으로 그 아이돌을 언급했다. 엄밀히 말해 그 아이돌 얘기는 아니었지만 부정적인 얘기에 '우리 애들'이 언급되어서 그랬는지 또 팬들이 우르르 몰려와 따지고 들더니 우르르 언팔(unfollow)을 했다. 평소 관심이 있건 없건 아이돌의 이름을 트윗에 올리는 순간, 찬양과 저주를 각오해야 한다.

이번 쭈꾸미보이즈 미니앨범 별로네. 언제까지 자기복제만 할 셈인지. 실망이군.

ㄴ 우리 쭈꾸미 오빠들이 얼마나 오랫동안 직접
　프로듀싱까지 하면서 노력하고 애써왔는데
　근거도 없이 오빠들을 매도하세요? 팬들이
　상처받는 건 생각 안 하나요? 논리적인
　근거를 갖고 피드백하세요!

(…응?)

이들의 피드백 요구에 '합당한' 답을 하지 않으면 '쭈꾸미보이즈 후려치는 트윗'으로 영원히 박제되어 조리돌림당할 것이다. 트위터는 커뮤니티가 아님에도 비슷한 의견을 가진 이들에게 동의를 구하거나 알리기 위해 텍스트로 된 트윗을 이미지로 캡쳐해 '박제'하는 문화가 성행한다. 작성자가 원 트윗을 삭제해버릴 경우를 대비할 때나 원 트윗 작성자에게 알리지 않고 코멘트를 덧붙이고 싶을 때 이런 박제가 이루어진다. 작성자는 자기도 모르는 사이에 여러 사람의 동의 아래 천하의 죽일 놈이 되어 구천을 떠돌게 된다.

'아니 이렇게 피곤한 일들을 다 겪으면서까지 트위터를 왜 하세요?'

누군가 이렇게 묻는다면 나는 뭐라 답해야 할까. 심지어 나에게는 '블록 직전'이라는 리스트가 있다. 차단까지 하기에는 애매하고 차단을 하지 않기에는 쎄한 느낌이 드는 계정들을 모아두는, 그러니까 아직 천국행과 지옥행을 선고 받지 못한 자들이 머무는 연옥 같은 곳이다. 대부분 차단할 만한 계정으로 판명되어 최종적으로 차단을 하게 되므로 사실 큰 의미는 없지만. 이 리스트 얘기를 들은 친구는 탄식했다.

"이야… 너는 진짜 그 정도로 정성스럽게 트위터 할 에너지가 대체 어디서 나오냐?"

나도 마음이 건강하지 못할 때는 트위터에서 만나는 이상한 자들에 치를 떨고 날선 말로 쏘아붙인다. 도대체 예의라고는 밥 말아먹은 인간이군! 니 생각을 왜 나한테 강요하고 난리? 그러고 나면 트위터가 지긋지긋해져서 당장이라도 계폭(계정 삭제)하고 싶을 때가 한두 번이 아니다. 그러면서도 꾸역꾸역 다시 트위터로 들어온다.

사실 회사를 그만두고 프리랜서가 되어 집에서 혼자 일하면서 가장 만족한 부분은 사람을 마주하지 않아도 된다는 점이었다. 직장에서 겪는 스트레스란 대부분 인간관계에서 비롯되는 것이다. 나도 회사를 다니면서 상사의 부당한 지시나 히스테리, 저자의 갑질이나 황당한 요구들에 하루하루 지쳐가고 있었다. 매 순간 누군가와 협의하고 조율하고 소통해야 하는 편집자의 업무 특성상 감정노동을 피할 길이 없었다. 일이 힘든 것은 어떻게든 헤어날 방법을 찾을 수 있다. 그러나 사람과 사람 사이의 문제는 내가 통제할 수 있는 영역이 아니다. 들쭉날쭉한 소득과 불투명한 미래를 감당하고서라도 사람을 멀리하고 싶었다.

한동안은 정말 평화로웠다. 월요일 아침마다 반복되는 상사의 잔소리를 듣지 않아도 됐고, 답도 없는 마케팅 전략회의 같은 것으로 진을 빼는 일도 없었다. 매번 새로운 저자를 만나 자세를 낮추며 비위를 맞출 필요도 없었다. 삶의 질이 올라가는 소리가 들린다. 만세!

그런데 그것도 하루 이틀이지. 혼자 일한다는 게 이렇게 외로운 일일 줄이야. 사람을 안 만나니 말을 할 일도 없다. 하루 종일 말을 한 마디도 하지 않고 지나가는 날도 많았다. 무슨 묵언수행하는 것도 아니고. 그런 상태가 지속되니 이대로 가다가 내가 정말 고립돼버리는 건 아닐까 불안해진다. 그렇다고 다시 회사로 돌아가고 싶지는 않다. 사람도 힘들고 혼자 있는 것도 힘들다면, 나는 차라리 혼자 있는 편을 택할 것이다.

사람이 없어 쾌적하면서도 사람이 없어 외로운 이 양가감정. 그 마음들이 이전보다 트위터를 더 열심히 하게 만든다. 좋은 놈, 나쁜 놈 그리고 특히 이상한 놈들이 우글우글한 트위터 한복판에서 부지런히 리스트도 만들고, 호감 가는 계정을 팔로잉하고, 멘션도 주고받고, 이상한 계정을 차단하면서 '어쩐지 사회인으로 살아가고 있는 것 같은 나'에 취하는 것이다.

트위터는 사람을 직접 대면하는 피로를 최소화하면서도 누군가와 서로 연결되어 있다는 안도감을 준다. 그러니 트위터를 적극적으로 할수록, 적어도 내가 세상으로부터 완전히 고립된 존재는 아니라는 위안에 빠지는 것이다. 물론 나만의 착각에 불과하겠지만.

그래도 지금 내가 손을 뻗을 수 있는 가장 쉽고 재미있는 사회적 교류의 장이 트위터인 것만은 분명하다. 직장 생활의 불편한 인간관계 때문에 소진되는 에너지가 없으므로 이토록 정성스럽게 트위터를 할 수 있는 에너지를 만들어낼 수 있는 건 아닐까. 상사의 히스테리, 저자의 갑질을 견디는 것에 비하

면 황당한 계정들을 차단하거나 언팔하는 것쯤이야
그리 큰일도 아니니까.

*이 글에 쓰인 트윗과 멘션은 실제 트윗이 아닌 예시임을
알려드립니다. 검색해도 소용없어. 안 나와.

각성 제3기

하루에도 몇 번씩 회사 선배를 붙들고 하소연했다.

"도대체 시댁에 전화하면 무슨 말을 해요?"

"얼마에 한 번씩 안부전화를 해야 하는 거예요? 일주일? 한 달?"

"시댁 제사에 꼭 가야 해요? 제삿날이 평일이면 어떡해?"

기혼자가 된 나는 완전히 새로운 세계에서 길을 잃고 헤매고 있었다. 겨우 상견례를 마쳤을 뿐인데 볼일 보러 서울 올라오신 (예비)시어머니에게 안부전화를 '늦게' 했다고 혼났을 때, 그때 결혼의 정체를 알아차렸어야 했다.

"나는 퇴근하면서 매일 전화드려."

베테랑 기혼자 선배는 태연한 목소리로 이렇게 말했다. 나도 모르게 꽥 소리를 질렀다. 도대체 어떻게, 매일 시댁에 전화를 할 수 있단 말인가. 전화해서 매일 무슨 얘기를 한단 말인가. 그게 정말 가능한 일인가.

"저자 대하듯 하면 돼. 우리는 저자한테 아부도 잘 하고 격려도 잘 하고 인사치레도 잘 하잖아. 매일 저자랑 통화한다고 생각하면 너도 할 수 있어."

선배의 말에 나는 또 꽥 소리를 질렀다.

"나는 저자랑 통화하는 것도 싫어…."

'식사는 하셨어요? 별일 없으시죠? 건강은 괜찮으세요? 저는 잘 지내요. 또 연락드릴게요.'

선배는 시댁에 매일 전화해서 이런 말을 매뉴얼처럼 반복한다고 했다. 나는 일단 왜 남의 부모님 안부를 묻는 것이 나의 의무가 되는지 근본적으로 의문이 들었고 거기에 마땅한 답을 찾지 못했다. 그러나 선배는 그런 의문 따위 가져봤자 정신건강에 별 도움이 되지 않을 거라는 눈빛으로 인자하게 웃으며 말했다.

"처음이라 어렵지, 하다 보면 너도 곧 적응하게 될 거야."

세상 무서운 말이었다. 안부전화를 비롯해 결혼과 동시에 내가 수행해야 할 의무들은 내 어깨 위에 겹겹이 쌓아올려졌다. 밀린 방학 숙제 앞에서 개학일을 두려워하는 초등학생의 심정이 되었다. 한참 놀 때는 잊고 있었는데 정신 차리고 보니 내일이 개학이네? 한창 연애할 때는 그런 거 모르고 살았는데 정신 차려보니 어느새 며느리가 되어 있네?

선배는 어차피 피할 수 없는 일에는 아예 의문을 갖지 않는다고 했다. 그러니 할 수밖에 없는 일이라면 최대한 스트레스를 줄이고 가벼운 마음으로 할 수 있도록 선배 나름의 매뉴얼을 만든 것이었다. 이제 막 기혼자가 된 나는 결혼 10년차 선배 앞에서 쭈구리가 되어 그 말을 오래 새겼다.

'그래 익숙해지자. 스트레스 받지 말자. 어차피 할 거면 아무 생각하지 말고 그냥 하자.'

이 비장한 각오에 금세 금이 가기 시작했다. 트위터로 페미니즘 각성 3기를 맞이하면서부터였다. 나는 인생에서 총 세 번 페미니즘 각성기를 겪었다. 1기가 4녀 1남 중 막내로 태어난 순간, 2기가 대학에서 처음으로 여성학 강의를 들었을 때 그리고 3기가 바로 트위터로 페미니스트를 선언한 순간이라고 정리한다.

태어난 순간 페미니즘을 각성했다니. 과장이 아닌가 싶겠지만 결코 과장이 아니다. 사람들은 나만 보면 아들 하나 더 낳으려다가 네가 나온 거 아니냐는 말을 아무렇지도 않게 했다. 묘하게 기분이 나빴지만 오빠를 대하는 부모님의 태도를 보면 그게 정말 사실인 것 같아서 반박하지 못했다(어린아이한테 못하는 소리가 없다 정말). 나는 아주 어릴 때부터 오빠와 내가 다르다는 것을 인지했다. 아니, 다르게 키워지고 있다는 것을 알았다. 엄마아빠는 언제나 우리 모두를 똑같이 사랑한다고 했다. 그 마음을 의심한 적은 없다. 하지만 우리가 아주 전형적인 남자와

여자로 키워졌다는 것만은 분명하다. 어렴풋하게 무언가 이상하고 부당하며 잘못됐다는 생각을 내내 품고 있었다. '왜 오빠는 송편도 안 만들고 설거지도 안 해?' '왜 오빠만 예뻐해?' '왜 오빠 편만 들어?'

정유민 어린이는 이상하다고 생각되는 것, 억울한 것, 차별받는 것을 그냥 넘기질 못했다. 언제나 엄마아빠를 향해 항의했다. 그러나 먹고살기는 바쁘고 애들은 많았다. 저 쪼끄만 어린이가 자꾸 대들어서 귀찮게 해도 앉혀놓고 조근조근 친절하게 설명할 여유가 부모님에게 있을 리 없었다. 나의 항의는 언제나 무시당했고 나는 이상하고 예민한 아이라는 낙인만 얻었을 뿐이다.

나는 항의를 구체적으로 표현하기 위해 안방 구석에 꽂혀 있던 자녀교육서를 읽었다. 아이들을 위한 책은 없으니까 아이들을 어떻게 키워야 하는지 알려주는 책을 읽으면 될 것 같았다. 자녀교육서에는 아이들을 차별해서는 안 되고, 아이가 잘못된 행동을 했을 때는 무엇이 잘못됐는지 논리적으로 설명해줘야 하고, 부모가 잘못을 했을 때는 아이에게 사과할 줄도 알아야 한다는 가르침이 가득했다. 와, 이렇게 좋은 책을 읽고도 나한테 맨날 윽박지르기만 했단 말야?

"엄마는 왜 이 책에서 하라는 대로 안 해?"

"엄마가 그렇게 할 시간이 어디 있나?"

분하지만 납득해버렸다. 엄마는 매일 아침 도시락을 열 개씩 싸고서 가게에 나가 일을 했다. 저녁에 집에 돌아오면 도시락 열 개를 씻어 내일의 도시락을 준비해놓고 빨래, 청소 같은 집안일을 했다. 어린 나이였지만 몸이 열 개라도 부족할 만큼 엄마가 바쁘고 힘들게 산다는 건 알았다. 그것이 딸과 아들을 차별적으로 대하는 것과 무슨 상관인지 알 수는 없었지만 어쨌거나 엄마의 사정을 좀 봐줘야 한다고 생각했다.

대학에서 우연한 기회에 여성학 특강을 들은 날, 그 풍경이 아직도 생생하다. 거대한 강당의 무대 위에 선 강연자의 모습은 작고 가늘어 보였다. 앉아 있는 좌석보다 빈 좌석이 더 많았다. 띄엄띄엄 자리를 채운 몇몇 학생만이 고개를 주억거리며 강연자의 말을 따라갔다. 그 헐거운 공간에 홀로 앉아 나는 몇 번이나 무릎을 치고 이마를 짚었다. 그동안 내가 느낀 감정들이 실체가 있는 것이었구나. 설명할 수 있는 것이었구나. 그러니까 이 감정은 오랜 역사를 가진 것이었구나.

아주 오랫동안 나는 여성으로서 내가 느낀 감

정들이 무엇인지 설명하고 싶었다. 무언가 잘못됐다는 것을 논리적으로 반박하고 싶었다. 그러나 정확히 무엇이 어떻게 잘못된 것인지 감을 잡을 수 없었다. 이 여성학 특강을 들으면서 나는 비로소 언어를 얻었다는 생각이 들었다.

당시 사귀던 남자 친구가 어느 날 나더러 화장 좀 하고 여성스럽게 꾸미고 다니라고 했다. 내가 너무 털털(?)하다고 자기 친구들이 흉을 본다는 것이다. '아 내가 너무 꼬질꼬질해서 우리 남친이 친구들 보기 창피했겠구나.' 이전 같았으면 아마 이렇게 생각하고는 화장을 했을지도 모른다. 그러나 이번에는 그러고 싶지 않았다.

"야! 내가 왜 니 친구들 시선 때문에 화장을 해야 돼? 화장할 시간에 잠을 자고 싶으면 자는 거고, 내가 화장을 하고 싶은 날에는 하는 거지. 니가 뭔데 나한테 강요해? 니 친구들은 뭔 상관인데? 내가 니 친구들이랑 사귀냐?"

그야말로 대판 싸움을 한바탕 했다. 속사포처럼 쏘아붙이고 반박을 하면 속이 후련할 줄 알았다. 그러나 남자 친구는 내 말을 전혀 이해하지 못했다. 내 안의 화는 도리어 더 커졌다. 그 화를 감당하는 일은 너무 피곤했다. 나를 둘러싼 모든 것이 나를 억압하는데 잘못된 것들을 지적하자면 끝이 없다. 그것들을 지적한다고 해서 억압에서 벗어날 수 있는 것도 바꿀 수 있는 것도 아니었다. 혼자 감당하고 행동한다는 건 너무 버거웠다.

나는 눈을 감는 편을 택했다. 세상은 분노할 것 천지였지만, 세상만사에 화를 내며 살기에는 내가 너무 작았다. '언제나 화가 나 있는 못생긴 페미니스트', 그런 이름으로 놀림받고 비난당할 것만 같았다. 나는 두려움에 입을 닫았다.

'빻았던' 날들이여 안녕

그로부터 10여 년이 흐른 뒤에야 비로소 나는 선언하게 됐다.

"나는 페미니스트입니다."

성차별과 여성혐오를 자각한 순간부터 따지면 30여 년이 걸렸다. 페미니스트라는 말을 들을까 입을 닫았던 내가 '나는 페미니스트다 이놈들아!' 외칠 수 있게 됐다. 용기의 원천은 트위터였다. 나는 혼자가 아니었다. 말하지 않으면 달라지지 않는다고 화가 나면 화가 나는 대로 힘껏 외치는 이들이 여기 있었다. 가부장제의 자장 안에서 여성에게 행해지는 온갖 부당한 일에 의문을 품어도 된다고, 그것을 거부해도 된다고 말해주는 이들이 있었다. 착한 며느리가 되지 않아도 된다고, 성실한 아내가 되지 않아도 된다고, 그저 나 자신으로 살아도 좋다고 응원하는 이들이 있었다. 각자의 위치에서 억압을 견디며 살아온 시간을 뒤집고자 하는 삶들이었다.

나는 이제 시댁에 안부전화를 몇 번 할지 고민하지 않는다. 그것은 나의 의무가 아니다. 시어머니가 화를 내도 어쩔 수 없다. 명절에 시댁에 가는 것을 거부하기도 했다. 그리고 드디어, 양가 부모님에게 아이를 갖지 않겠다고 선언했다. 아이를 가지라고 종용하는 부모님들에게 내 몸은 나의 것이니 함부로 개입하지 말라고 선을 그었다. 여성에게 당연한 듯 부여되는 삶을 거절할 권리가 있다는 트위터 자매님들의 목소리 위에 내 목소리를 겹쳐 올린 것이었다.

무지렁이 시절에 쓴 트윗을 모조리 지워버리고 싶었다. 과거의 나는 그게 여성혐오인 줄도 모르고 너무나도 멍청하고 너무나도 여성혐오적인 트윗을 썼을 테니까. 할 수만 있다면 그 과거의 나를 없애버리고 싶었다.

나꼼수를 들으며 낄낄거리고 '비키니 사건'이 터졌을 때도 지금 정권 교체가 중요하지 그런 '부수적인' 게 대수냐 생각했던 나, 공중파 방송국 PD라는 인간들이 나와 온갖 여성 비하와 음담패설을 농담이랍시고 저질스럽게 지껄이는 팟캐스트를 즐겨 듣던 나, 옹달샘의 무례함을 시원시원한 개그 스타일이라고 즐기며 소비했던 나. 그때의 나를 떠올리는 것만으로도 수치스러웠다.

트윗청소기라는 서비스를 이용하면 특정 기간의 트윗을 일괄적으로 삭제할 수 있다고 했다. '트청을 돌린다'고 표현하며 실제로 많은 사람이 이용하고 있다. 나도 트청을 돌려 트윗을 모두 지워버릴까 고민했다. 그러다 곧 생각을 바꿨다. 그때의 생각들을 부끄럽게 느낀다는 것은 내가 그때와는 달라졌다는 의미다. 여전히 부끄러운 줄 모른다면 그거야말로 진짜 문제가 아닌가. 그걸 잊지 않기 위해서라도 내 부끄러운 날들의 기록은 지우지 않고 그대로 남겨두기로 했다.

나는 한때 아동혐오자였다. 이렇게 표현하는 것이 가장 정확할 것이다. 나는 아이들이 싫었다. 공공장소에서 시끄럽게 울어대고, 뛰어다니고, 민폐를 끼치는 아이들 그리고 그 아이들을 통제하지 않고 방치하는 부모들. 나는 이들을 자신과 자신의 아이만 생각하는 이기적인 존재로 여겼다. 그리고 타인에게 피해를 주니 조용한 카페에는 이들의 출입을 제한해야 한다고 생각했다. 노키즈존의 열렬한 지지자였다는 말이다.

선량한 타인에게 피해를 주기 때문이라는 그럴 듯한 명분을 앞세웠지만, 사실 그건 핑계였다. 그저 내가 이해할 수 없는 세계를 받아들이고 싶지 않았고 이해하고 싶지 않았을 뿐이다.

세상의 모든 차별과 억압은 가장 약한 존재로 향하기 마련이다. 내가 여성이라서 당하는 차별에 분노하면서 한편으로는 나보다 더 약한 존재인 아이들 그리고 양육의 책임을 강요당하는 엄마들을 혐오하고 있었다.

아이들이 공공장소에서 지켜야 할 질서를 모른다고 비난하면서 정작 그 질서를 배울 기회를 앗아간다는 것, 저출산 문제 운운하며 비출산 여성을 사회적으로 비난하면서 정작 세상에 나온 아이들이 성장하는 과정은 보고 싶어 하지 않는 것, 양육의 책임이 여성에게만 전가되어 모든 문제를 여성의 문제로 치부하는 것, 배제의 논리가 확대되면 계속되는 약자 배제를 막을 수 없다는 것, 아동혐오는 곧 여성혐오로 이어진다는 것. 나는 트위터를 하기 전까지 이 모든 것을 단 하나도 알지 못했고 단 하나도 생각하지 못했다.

트위터에는 다양한 삶의 모습이 드러난다. 나는 트위터를 하면서 타인의 삶에 대해 더 많이 생각하게 됐다. 장애인, 성소수자, 노인, 여성 등 약자가 차별받아서는 안 된다는 생각은 그저 막연했다. 그냥 옳은 것이니 그래야 한다는 교과서적인 생각. 오직 그 생각만 존재하는 상태. 그러다 타임라인으로 여성 각각의 구체적인 삶을 읽어내려가면서 나의 못남을 매일 새롭게 깨달았다.

트위터로 접하는 것은 물론 간접적인 경험에 지나지 않을지도 모른다. 그러나 어차피 타인의 삶이란 기본적으로 간접 경험일 수밖에 없지 않은가. 예전에는 그마저도 접할 기회가 없었거나 굳이 경험하려 애쓰지 않았다. 그러니 차별이나 혐오에 대한 생각이 지극히 단편적이고 추상적인 개념으로만 머물러 있었다.

그저 억울해, 부당해, 징징거리던 어린 시절 내 눈에 비친 엄마의 고단한 삶도 그제야 좀 더 구체적으로 다가오기 시작했다. 시어머니와 며느리라는 권력 관계에 놓여 있지만 가부장제에 희생되고 길들여진 시어머니의 삶에 연민을 가진 것도 그때부터였다. 나는 거기에 순응할 수 없지만 우리는 서로 적이 되어서는 안 된다. 거부하되 개인의 역사를 들여다볼 줄 알아야 했다.

자각하고 있지만 행동하기에는 너무 거대한 문제, 사회가 그러니 어쩔 수 없이 적응해나갈 수밖에 없지 않냐는 내면의 목소리가 사그라들었다. 거대한 문제라고 해서 거대하게 시작할 필요가 없다. 아무리 사소한 것이라도 그 사소한 저항이 모여 모든 것을 무너뜨릴 것이다.

남편과 식당에서 밥을 먹고 있을 때였다. 옆 테이블에 앉은 아이가 칭얼대더니 급기야 울기 시작했다. 나는 꿋꿋하게 그쪽을 바라보지 않으려고 애를 쓰며 밥을 먹었다. 남편에게 저 테이블을 쳐다보지 말라고 주의를 줬다.

"갑자기 왜?"

"저 엄마 입장을 생각해봐. 애 키우는 거 정말 죽어라 힘들 텐데 어쩌다 한 번 식사 준비에서 벗어나 외식하면서도 애가 울까 봐 전전긍긍, 사람들 눈치 보면서 밥이 코로 들어가는지 입으로 들어가는지 모르고 우는 애 달래다가 결국 제대로 먹지도 못하고 마음 불편해져서 황급히 나가야겠어? 우리가 별 생각 없이 처다보는 것도 저런 상황에 있는 부모들한테는 괜한 눈총으로 느껴질 거야. 그러니까 아예 처다보질 마."

남편은 니가 웬일로 그런 배려를 하느냐며 한동안 넋 나간 얼굴로 나를 처다봤다. 그런 남편에게 한마디를 덧붙였다.

"아이는 사회가 같이 키우는 거야. 트위터에서 배웠어."

나를 보살피는 생활

작은 꽃병에 꽂힌 몇 송이 꽃. 처음에는 트친 K님의 기념일인가 생각했다. 아니었다. 아무 날도 아닌 것이 분명한데 꽃은 계속 바뀌며 K님의 테이블에 모습을 드러냈다.

생일도 아니고 졸업도 입학도 아니고 어버이날도 아닌데, 심지어 누군가에게 선물하기 위함이 아니라 '그냥' 꽃을 산다니. 나는 고개를 갸웃거렸다. 나에게 꽃은 어떤 의식을 위한 데커레이션이거나 축하의 마음을 전하기 위한 수단, 로맨틱한 상황을 극대화하는 클리셰 같은 것이었다. 꽃은 맛을 느끼며 미식의 쾌락을 얻을 수 없다. 물리적으로 사용하면서 일상의 효율성을 도모하는 것도 아니다. 쌓아둔다고 자산이 되는 것도 아니다. 한마디로 '쓸모없음'의 대명사다. 그러므로 오래전부터 나는 꽃을 선물받는 것조차 싫었다.

남편과 연애하던 시절에 딱 한 번 꽃을 선물 받은 적이 있다. 아마도 자기가 뭔가 잘못을 해서 용서를 구하고 싶었거나 말다툼을 해서 화해를 하고 싶었던 것 같다. 자취방 문을 열고 들어온 당시 애인의 손에 하얀 수국이 가득 들려 있었다. 나는 그야말로 아무 표정도 지을 수가 없었다. 그는 자신의 연애 상대를 몰라도 너무 몰랐다. 그래도 그 마음이 갸륵

해 짐짓 마음이 풀린 척을 해보았지만 집에는 마땅한 꽃병조차 없었다. 흰 수국은 전자레인지 위에 올려진 채 먼지를 뒤집어쓰고 말라가다가 쓰레기봉투로 들어갔다.

선물이란 게 꼭 쓸모가 있어야 하는 것은 아니다. 하지만 받는 사람이 기쁘지 않다면 그걸 선물이라고 할 수 있을까. 잠시나마 시각적인 즐거움을 선사하긴 하지만 그 잠깐 눈요기를 하려고 투자할 만한 가치가 있는가 하는 점에서 나는 꽃 선물에 매우 회의적이었다. 비싸고 금방 시들어 죽으니까.

그런데 문득 꽃을 사고 싶다는 생각이 들었다. 프리랜서 편집자인 K님이 여느 때처럼 트위터에 올린 어느 사진을 본 순간, 갑자기 아주 강렬한 안정감이 몰아친 것이다. 언제나처럼 우아한 영국풍 티잔과 달달한 디저트, 꽃이 놓인 테이블을 찍어 올린 트윗이었다. 빨래와 설거지, 아이 방 청소를 모두 끝내놓고 일하러 방에 들어가기 전, 차를 마시며 잠깐 쉬고 있다고 쓴 멘트 때문이었을까.

나도 빨래와 설거지, 청소를 막 마친 참이었다. 여기저기 널브러진 물건들과 냄새 나는 설거지통, 더러운 빨랫감 사이를 누비며 전투를 벌인 뒤, 트위터에서 눈앞에 나타난 그 장면은 아주 낯설고도 따

뜻했다. 그리고 조금 전까지 혼잡한 생활 흔적들로 가득했을 집 안 한구석에 작지만 확실한 휴식을 마련할 수 있다는 데에 감탄하고 말았다. 카페처럼 철저히 콘셉트화된 공간으로 이동하지 않았는데도 꽃은 생활의 시간과 휴식의 시간을 분리하고 있었다. 나도 꽃을 사야겠어.

"꽃 사지 마요! 내가 사줄게!"

꽃을 사야겠다는 트윗을 남기자마자 트친이자 실친인 L님이 꽃을 선물하겠다고 나섰다. 알고 보니 L님은 한 달에 한두 번은 꽃시장에 들러 꽃을 사는 '헤비' 꽃 애호가였다(무언가 시도하려는 이에게 무한한 지지와 응원은 물론 실질적인 지원까지 제공하는 트잉여들의 아름다운 우정을 보라).

L님은 손수 꽃다발을 들고 우리 집까지 왔다. 나는 마땅히 줄 것이 없어 마침 집에서 만든 잡채를 건넸다. 나는 트친비*도 안 냈는데 이렇게 황송하게 예쁜 꽃을 받아도 되는 거냐고 감사의 말을 전했고,

---

*트친끼리 평소 좋은 정보를 주거나 좋은 것을 보게 해줘서 고맙다는 답례의 의미로 귀여운 사진을 올리는 것, 흉한 것이 타임라인에 뜨지 않도록 알티하지 않는 것, 트친들에게 이로운 것을 트윗하는 것 등을 통칭하는 장난스러운 표현. 이걸 또 설명하니까 재미가 없다….

L님은 먹지도 못하는 풀떼기를 준 것뿐인데 이렇게 맛있는 걸 받아도 되는 거냐고 연신 맛있다는 말을 했다. 우리는 그렇게 한참을 서로 내가 더 고맙다며 끝도 없는 '감사 배틀'을 했다.

꽃을 맞이할 준비가 채 되어 있지 않았으므로 남편이 거북이를 키우겠다고 사둔 어항에다 꽃을 꽂았다. 이런 데다 꽃을 꽂아도 되나? 트윗을 올리자 꽃 애호가 트친들이 멘션을 보내왔다. 어떤 물건이든 꽃병이 될 수 있다, 로즈볼, 피시볼이라는 이름으로 동그란 어항 모양의 유리 꽃병을 팔기도 한다, 꽃을 꽂았으니 그것은 이제 어항이 아니라 꽃병이다, 모두 격려해주었다.

식탁에 꽃을 올리고 조명을 켠 뒤 티팟과 티컵을 꺼내 '티타임'을 세팅했다. 갑자기 그 풍경이 너무 감격스러워 느닷없이 목이 멨다. 여기 나를 위해 마련된 시간이 있다. 일과 살림의 흔적으로 가득한 집 안 한구석에 온전히 나의 쉼을 위한 공기가 꽃들 사이로 엷게 흐른다. 작게 숨을 내쉬어보았다. 꽃잎 가까이에 코를 들이대고 킁킁 냄새를 맡았다. 기분 탓인지 잠깐 머리가 맑아지는 것도 같다. 이런 행복감 때문에 아무 날도 아닌 날에 꽃을 집 안으로 불러들이는 거구나. 아, 이런 즐거움을 여태 몰랐다니.

꽃은 번역가나 디자이너, 외주편집자처럼 집에서 일하는 프리랜서들의 계정에 주로 등장했다. 프리랜서들에게 집은 그들의 전부일지도 모른다. 혼자 일하는 사람에게는 동료도 없고 사무실도 없고 회의 테이블도 없다. 내가 일하는 곳이 곧 사는 곳이고 사는 곳이 일하는 곳이다. '집'이라는 공간에 대한 감정과 고민은 유난히 애틋할 수밖에 없다. 출퇴근길에 자연스럽게 마주하는 바깥 풍경과 사람들, 사무실에 들어섰을 때 겪어야 하는 크고 작은 사투들, 공간을 나눠 쓰는 이들과의 조심스러운 거리들. 프리랜서가 되는 순간 그 모든 것은 사라진다.

적당한 고립이 주는 자유로움과 안정감이 좋아 선택한 길이지만 반복되는 일상과 지루하게 이어지는 나 홀로 업무에 지칠 때, 꽃은 동료가 되고 출퇴근 풍경이 될 것이다. 스스로 돌보고 다독이지 않으면 무너지기 쉬운 프리랜서의 삶은 그렇게 꽃 한 송이로 불쑥 충전되곤 한다. 꽃의 에너지는 타임라인을 타고서 내게로 왔다. 나도 이제 꽃을 사는 사람이 되었다.

번역가 C님의 요리를 보는 것은 언제나 즐거웠다. 어쩜 끼니마다 그렇게 아름답고 정갈한 식사를 차릴 수 있는지 절로 입이 벌어졌다. 요리 장르는 매

번 달랐지만 1인분의 접시 안에 풍성한 요리가 가득 담겼다. 어느 것 하나 시선을 뗄 수 없게 먹음직스러웠다. C님이 자신의 식사를 간단한 조리법과 함께 트위터로 올릴 때마다 침이 고였다. 굳이 먹어보지 않아도 분명 맛있을 거라는 확신이 들었다.

일본에 사는 O님의 한 끼 식사를 트윗으로 처음 보았을 때의 충격도 만만치 않았다. 저게 식당에서 내놓은 밥이 아니라 집에서 만든 거라고? 일본 음식은 한국 음식 못지않게 손이 많이 간다고 들었는데 저 조림, 저 구이, 저 튀김을 직접 만들고 플레이팅했다고? 입이 쩍 벌어질 수밖에. 트위터 좀 한다하는 사람들은 O님이 이런 '맛있는 생활'을 레시피북과 산문집으로 선보였다는 걸 잘 알고 있을 것이다. 나도 O님의 레시피북 펀딩에 참여한 적이 있다. 책 첫 장을 넘기면 이런 구절이 나타난다.

가을에 가장 맛있는 꽁치를 구매할 때나,
겨울에 나베에 넣을 재료를 구매할 때의
어중간함 등 사소한 것들이 쓸데없이 외로움을
일깨우곤 합니다. 전 그럴수록 더욱 잘 차려서
먹기로 마음먹었고 실제로 그렇게 하고
있습니다. (…) 추운 겨울, 냉기 도는 부엌에

서는 것은 상상만 해도 싫고 귀찮지만, 양말
하나 더 신고 트레이너 하나 더 걸치고 부엌에
가서 가스레인지 위에 보리차 티백 하나 넣은
주전자부터 올립니다.

오토나쿨,『도쿄일인생활−가을·겨울』

예쁘고 화려한 음식 사진은 인스타그램에 많다.
잘나가는 맛집 이름이 다양한 버전으로 태그되어 우
수수 달려 있다. 음식을 더욱 돋보이게 하는 훌륭한
필터까지 장착했다. 이 사진들을 보면 당장이라도
뛰쳐나가 메뉴판을 집어들고 '여기서부터 여기까지
다 주세요' 하고 싶어진다.

그럼에도 나는 트위터의 음식 사진에 더 깊이
빠졌다. 그것은 대부분 '나를 위한 요리'였기 때문이
다. 한 끼 식사 뒤에 숨은 바지런함이 보인다. 자신
의 생활 공간 속에서 부지런히 몸을 움직여 채소를
다듬고 프라이팬에 기름을 두르고 양념을 만들어 간
을 보면서 요리를 접시에 담아내는 모습이 머릿속에
펼쳐진다.

혼밥을 한다고 대충 레토르트 식품을 데워 먹
거나 아무렇게나 냄비째 책상에 올려놓고 먹거나 귀
찮음을 이기지 못해 라면으로 때우거나 하지 않는

것. 나 하나의 입을 하찮게 여기지 않는 것. 자신을 함부로 내버려두지 않고 끊임없이 아끼고 보살피는 것. 트위터 사람들의 일상에 나는 자주 자극을 받았다. 혼자 살수록, 혼자 일할수록 사소한 일상 루틴을 소중히 하라고 다독이는 것 같았다. K님의 꽃에서, C님의 요리에서, O님의 부엌에서, 나는 스스로 삶의 리듬을 만들어가는 즐거움과 균형 감각을 익혔다.

　트위터 사람들의 식탁과 접시들을 염탐하면서 나는 본격적으로 그릇을 사 모으기 시작했다. 전부터 요리하는 것을 좋아하긴 했다. 그러면서도 내 입으로만 들어갈 음식을 어떻게 담아내든 무슨 상관이냐는 마음이어서 예쁜 그릇이나 커피잔 같은 것에는 도통 관심이 없었다. 꽃을 사고 예쁜 그릇을 사게 된 건 확실히 트위터 사람들의 성실한 일상 덕분이었다. 나도 나에게 잘해주고 싶다. 누군가를 대접하기 위해서만이 아니라 나부터 나를 잘 대접하고 싶다. 그 시작이 한 끼의 식사라면, 나는 누구보다 잘 해낼 수 있다. 봉지 믹스커피 하나를 마시더라도 내 마음에 쏙 드는, 예쁜 커피잔에 타 먹을 테다!

　처음에는 인터넷 그릇 카페에서 중고 커피잔과 그릇을 하나둘 사다가 빈티지숍 몇 군데를 뚫었다. 급기야 그릇을 사러 북유럽에 가기도 했다. 물론 꼭 그릇을 사기 위해서만은 아니었지만 아예 빈 트렁크를 하나 싸 들고 갔으니 여행 목적의 상당 부분은 그릇을 사기 위함이 맞았다. 스톡홀름의 벼룩시장을 뒤지고 헬싱키의 그릇 공장과 아울렛 등을 돌았다. 그렇게 한국에서는 너무 비싸 살 수 없었던 빈티지 그릇을 트렁크 한가득 짊어지고 왔다. 그릇이 너무 많아져 더 이상 수용이 불가능한 상태가 되었을 때 다행히 좀 더 넓은 집으로 이사를 하게 되어 아예 그릇장을 마련했다. 그동안 곳곳을 돌며 하나둘 수집한 그릇들이 제대로 된 그릇장 안에서 근사하게 빛이 났다.

내가 주로 사는 그릇들은 북유럽에서도 1950~70년대에 이미 생산이 중단된 낡은 중고품이다. 단순히 희소성 때문에 선택한 것이 아니다. 그동안 여러 트친들의 플레이팅 사진을 보면서 내가 좋아하는 스타일, 내가 음식을 담고 싶은 그릇을 떠올려보고 몇 가지 제품을 사다가 실제 음식을 올려보며 나름의 취향을 탐험한 결과였다.

이런 요리는 이런 그릇과 어울리는구나, 홍차는 이런 스타일에 커피는 저런 스타일에 어울리는구나, 내가 자주 해 먹는 요리를 두루 담으려면 이런 형태의 볼이 필요하구나. 좋아하는 요리, 자주 해 먹는 음식과 자주 사용하는 재료를 생각했다. 다양한 시도와 시행착오 끝에 내가 파란색과 노란색, 초록색 등이 포인트 컬러로 들어간 형태가 단정한 그릇을 좋아한다는 걸 알게 됐다.

작은방에서 일을 하다가 잘 풀리지 않으면 주방으로 간다. 양파와 소고기 덩어리를 넣고 뭉근하게 끓인 카레를 만들자. 양파를 최대한 얇게 채 썰어 버터를 넣고 갈색이 되도록 오래 볶다가 뭉텅뭉텅 소고기를 잘라 양파와 함께 볶은 뒤 물을 붓고 큐브 형태의 카레 루를 넣어 끓여야지. 소고기의 크기와 형태, 양파의 조리 상태, 카레 소스의 색깔을 고려한 뒤 어떤 그릇을 꺼낼까 고민한 끝에 그릇장을 연다. '오늘은 너로 정했다!' 신중하게 고른 그릇에 담긴 1인분의 소고기 카레가 마감에 지친 나를 다시 일으켜 세운다. 맛있다. 나를 위한 작은 노동은 맛있다.

금방 시들어버릴 꽃, 음식 맛에 아무런 영향을 주지 않는 그릇 같은 것에 얼마 되지 않는 수입의 상당 부분을 쓴다는 것이 누군가에게는 이해되지 못할 일일 것이다. 어느 때의 내가 그랬다. 살면서 한번쯤 그런 의문을 품어본 적이 있지 않은가. 내가 애정을 쏟고 아끼는 어떤 것들이 남들에게는 이해받지 못할 일이 아닐까, 한마디로 누가 보면 미쳤다고 하지 않을까, 한심하다고 핀잔을 듣게 되지는 않을까.

트위터에서는 그런 불안을 조금이나마 접어둘 수 있었다. 생판 모르는 사람들로 가득한 곳이지만 당신이 무엇을 사랑하고 열광하든, 그것으로 당신의 오늘이 행복하다면 무조건 응원하겠다는 마음들이 가득한 세계. 그렇게 나의 행복을 보듬는 마음들 품에 안겨 있고 싶어서 자꾸만 타임라인을 아래로 아래로 내려본다.

매력 있어 내가 반하겠어

좋아하는 프로그램에 직접 손편지를 써서 보내고 혹시라도 내 사연이 소개되지 않을까 마음 졸이며 라디오를 듣던 때가 있었다. 내 편지가 조금이라도 눈에 띄었으면 하는 마음에 평범하지 않은 편지지를 고르려 애썼다. 거기에 유치하기 짝이 없는 스티커를 덕지덕지 붙이는 수고도 마다하지 않았다.

'○월 ○일은 제 친구 ○○의 생일입니다. 축하해주세요.'

'패닉 오빠들의 〈그 어릿광대의 세 아들들에 대하여〉 틀어주세요.'

서울시 영등포구 여의도우체국 사서함 ○○○호로 보낸 편지에 응답을 기다리며, 잠든 언니들이 혹여 깰까 이불 속으로 산요 카세트플레이어를 들고 들어가 스피커에 귀를 붙인 채 밤을 보내곤 했다.

그 시절, 늦은 밤에 혼자 라디오를 듣고 있으면 사람들과 함께 깨어 있는 것 같았다. 지금 내게 목소리를 들려주고 있는 건 DJ 한 사람뿐이지만, 사연들이 소개될 때면 나처럼 잠들지 못하고 라디오에 귀를 기울이고 있을 전국의 올빼미들을 상상했다. 밤새 일하다 지치면 트위터에 들어가 지금 깨어 있는 사람들의 트윗을 읽으면서 새벽반 트친들의 존재에 안도감을 느끼는 그런 기분처럼.

라디오는 자연스럽게 멀어졌다. 더 이상 답답한 교실에 갇혀 야간자율학습을 하지 않아도 되었기 때문일까, 라디오 말고도 보고 듣고 즐길 거리가 차고 넘치는 시절이 왔기 때문일까. 물론 시절이 변했다. 신청곡을 적은 엽서를 우체통에 넣고 몇 날 며칠을 보내며 노래가 나오기를 기다릴 필요도 없었다. 듣고 싶은 노래는 언제든 멜론이나 벅스 같은 스트리밍 서비스로 들으면 됐다. 그러나 그런 이유만은 아니었다.

성인이 되고 대학도 졸업하고 회사도 몇 번 옮기고 난 뒤, 어느 날인가 택시에서 흘러나오는 라디오를 들었다. 목소리가 젊고 맑은 아이돌 가수 출신 DJ가 주소와 이름 대신 휴대폰 번호 뒷자리 네 개를 호명하며 사연을 소개했다. 시간이 그렇게 흘렀는데도 어쩜 그렇게 라디오에 보내는 사연들은 여전한지, 과거의 내가 엽서를 보낸 게 아닐까 싶을 정도로 평범하고 빤한 이야기들이었다.

"내일이 시험인데 책만 펼쳐놓고 언니 목소리를 듣고 있어요. 그래도 내일 시험 잘 보라고 응원해주세요."

"여자 친구와 헤어졌어요. 괜찮을 줄 알았는데 괜찮지 않네요. 힘내라고 해주세요."

"취준생입니다. 이력서를 30통이나 보냈는데 아직 좋은 소식이 없어요. 첫 월급 타서 먼저 취업한 친구들한테 한턱내는 날이 빨리 왔으면 좋겠네요."

심야의 DJ는 짐짓 목소리를 차분하게 가라앉히고 이 사소한 일상의 이야기들을 정성껏 읽어나갔다. 그리고 그 사연이 요청하는 바들을 하나하나 빠짐없이 수행했다.

"시험 잘 보세요, 3921님."

"좋은 사람 또 만날 수 있을 거예요, 힘내세요, 1221님."

"3548님에게도 곧 좋은 소식 있을 거예요. 첫 월급으로 크게 한턱내는 날까지 파이팅!"

그 순간 내가 더 이상 라디오를 듣지 않는 이유를 깨달았다. 나는 라디오라는 매체가 싫어졌다기보다는 라디오의 사연과 DJ의 리액션이 싫어진 거였다. 십수 년 만에 우연히 다시 들은 라디오는 짜고 치는 고스톱 같았다. 방송심의에 걸리지 않을 만한, 논쟁적이지 않은, 누가 들어도 이의를 제기하지 않을 평범하고 일상적인 사연들만 전파를 탔다. DJ는 그 재미없고 지루한 이야기에 더 재미없고 지루한 코멘트를 덧붙였다. 모든 게 다 잘될 거라는, 좋은 날이 올 거라는, 힘을 내라는 영혼 없는 응원이 이어졌고 대책 없는 긍정의 단어들이 마구 흩뿌려졌다. 이름도 모르는 이들의 생일이나 졸업, 입사 같은 경사를 '축하한다'는 인사를 몇 번이나 들어야 했다.

공중파란 그런 것이었다. 정해진 시간 내에 준비된 코너를 소화해야 하고, 다급하게 멘트를 마무리하는 한이 있어도 광고가 잘리지 않아야 하고, 지나치게 염세적이거나 국민 보편 정서에 반하는 발언을 해서는 안 되며, 논란을 불러일으킬 만한 이야기들은 사전에 차단된다. 세상은 깜짝 놀랄 정도로 빠르게 변했지만 라디오는 깜짝 놀랄 정도로 변하지 않았다는 사실에 깜짝 놀라고 말았다.

얼굴도 모르는 이들의 일상을 전해 듣는 일이 싫은 건 아니다. 트위터 타임라인에서 매일 읽고 보는 게 얼굴도 모르는 이들의 맥락 없는 일상들이지 않은가. 다만 라디오가 정제한 일상은 지루한 무채색 같았다. 분명 사람 사는 이야기인데 도무지 살아 있다는 감정을 느낄 수 없다면 그것을 사람 '사는' 이야기라고 할 수 있을까. 그리 긴 인생은 아니지만 삶의 경험치가 조금 더 쌓이자 시스템이 분류한 예쁘고 무난한 시간들에 더 이상 흥미를 느끼지 못하게 된 것이다.

트위터에서 온갖 날것의 순간들을 만나는 시간

은 그래서 낯설고도 새로웠다. 라디오 프로그램에 보내진 문자 사연처럼 짤막하고 단순한 문장들이지만 걸러지지 않은 찰나의 감정들이 고스란히 떠올랐다. 그야말로 '아무 말'이나 하라고 만들어진 플랫폼이라서 아무 말들이 정말 원 없이 생산된다. 아무도 남의 아무 말에 신경 쓰지 않고 각자 떠들고 있는 아수라장이 바로 트위터였다. 그러면서도 묘한 질서가 깃들어 있어서 아침에도 저녁에도 그 세계는 매일 매일 잘도 돌아갔다. 타인의 삶이 이토록 흥미로운 적이 있었던가. 나는 트위터 사람들의 일상에 금방 빠져들었다.

트위터의 매력은 사실 '아무 말 대잔치'에만 있지 않다. 어떤 이슈가 떠오르면 무섭도록 많은 의견과 주장 들이 터져 나온다. 글자 수가 제한돼 있기 때문인지 단 한 개의 트윗에도 통찰이 진하게 응축되어 반짝거린다. 트위터 같은 SNS 때문에 현대인들이 긴 글을 쓰지 못하게 되었다며 통탄하는 사람들이 있지만, 오히려 짧은 글 안에 생각을 잘 표현하기 위해 정제하고 다듬는 훈련이 사람들의 문장력을 강화하는 데 기여하는 게 분명하다. 세상의 모든 똑똑한 사람은 트위터를 하는 게 아닐까. 어쩜 저렇게 깔끔하게 정리된 견해를 저렇게 빛나는 표현으로 착착 담아내는 걸까. 나는 하루에도 몇 번씩 탄복하며 그들의 트윗을 알티하고 마음통에 담기를 반복했다.

김애란 단편소설 「가리는 손」의 화자는 요양병원 영양사다. 위아래 따지고 들며 장유유서 운운하는 노인 환자들 때문에 그녀가 힘들어하자 그녀의 남편은 대수롭지 않게 말한다.

"너무 스트레스 받지 마. 가진 도덕이, 가져본 도덕이 그것밖에 없어서 그래."

이 대목을 읽으면서 나는 생각했다.

'우와! 트위터 띵언 같다!'

세련된 화법으로 날카롭게 상황을 정리하는 똑똑한 트위터 사람들이 쓸 법한 트윗 같았다. 그리고 소설은 이렇게 이어진다.

병원 어르신들을 보면 가끔 그 말이 떠올랐다.
나는 늘 당신의 그런 영민함이랄까 재치에
반했지만 한편으론 당신이 무언가 가뿐하게
요약하고 판정할 때마다 묘한 반발심을 느꼈다.
어느 땐 그게 타인을 가장 쉬운 방식으로
이해하는, 한 개인의 역사와 무게, 맥락과 분투를
생략하는 너무 예쁜 합리성처럼 보여서.

김애란, 『바깥은 여름』

빛나는 '띵언류'의 트윗을 봤을 때 속 시원히 정리된 문장들에 감탄하면서도 한편으로는 설명할 수 없는 서늘한 기분에 사로잡히기도 한다. 소설 속 이 대목은 그 서늘함의 정체가 무엇인지 정확히 짚어주는 말 같았다. 특히 '일침뽕'에 취해 확신에 가득 찬 태도로 어떤 것을 정의하는 말들을 볼 때, 그것은 그것대로 너무 납작한 사고가 아닌가 하는 의구심이 들기도 했다. 트위터로 세상 구석구석을 배워간다는 생각이 들다가도 때론 이렇게 멈칫하는 순간들이 온다. 덕분에 무턱대고 질주하지 않고 적당한 경계 속에서 트잉여의 리듬을 유지할 수 있는 것인지도 모르겠다.

어떤 의견들이 한꺼번에 우르르 표출되고 나면 흐름이 만들어진다. 공감에 공감이 여기에 더해지면서 생각의 결이 한 방향으로 기울기 마련이다. 네이버 뉴스의 첫 번째 댓글이 어떤 의견이냐에 따라 이후에 줄줄이 달리는 댓글의 경향이 결정되는 것처럼, 대세를 따르려는 심리를 거스르기는 쉽지 않은 일이니까.

트위터에서는 그 '우르르'가 잘 성립하지 않는다. 어떤 사안에 누가 어떤 의견을 맹렬히 부르짖고 나면 그에 대한 동의가 이어진다. 그러다가 어느 시점에는 반드시 관점이 다른 새로운 의견이 더해지며 생각의 균형을 맞춰간다. 날것의 감정과 분주한 소통과 진중한 자기성찰과 엄격한 균형 감각이 공존하는 곳. 이토록 기묘한 공간에 반하지 않을 수가 있나. 지금은 계폭한 듯한 @soyadokey님은 이런 말을 남겼다.

내 트위터 타임라인만 보면 이 세상은 지성과 우울, 예술과 한탄, 말살된 인류애, 부에 대한 갈망과 우리에게 주어지지도 않은 명예와 권력에 대한 회의감, 그리고 개와 고양이로 가득 차 있어. @soyadokey

SNS에 몰두하면 우울해진다고들 한다. 자신이 행복한 순간만을 선택적으로 전시하기 때문에 남의 SNS를 보면 나만 빼고 다 행복한 것처럼 보여서 내 삶이 불행하게 느껴진다는 것이다. 이런 주장은 과거 싸이월드가 한창 흥하던 시절부터 꾸준히 있었다. 나는 대체로 이런 주장에 동의하는 편이다. 그러나 적어도 트위터만큼은 거기서 예외가 아닌가 생각한다. 트위터에서 타인의 계정을 보면서 느낄 박탈감이란 게 있다면, 이런 것이다.

1. 나는 왜 저런 재밌는 드립을 치지 못했는가
2. 나는 왜 일본 여행 중이 아닌가
3. 나만 고양이 없어!

자신의 우울을 마음껏 내보이고 아무 말도 막 던져보고 '빻은' 자들을 탄탄한 논리로 응징하기도 하는 타임라인을 보며 과연 내 삶이 남들에 비해 보잘것없다고 느끼게 될까. 상대적 박탈감도 패배감도 느끼지 못하도록 일상을 평균치로 다듬어서 하나 마나 한 푸념과 응원을 주고받는 것보다 이편이 훨씬 더 평온하지 않은가.

넒리 트잉여를 이롭게 하라

일반적인 칫솔은 칫솔모가 800가닥 정도인데
이건 5460가닥이라고 합니다. 칫솔모가 촘촘하고
부드러워서 치아에 밀착되는 느낌이 남다릅니다.
예전엔 양치 후에 잇몸이 아팠는데 이 칫솔로
바꾸곤 그런 증상이 싹 사라졌어요. @이비글

어느 날 난데없이 트위터에 칫솔 바람이 불었
다. 이비글 님이 올린 칫솔 영업 트윗이 시작이었다.
스위스에서 물 건너왔다는데 아니, 칫솔모가 거의
일곱 배나 많다니, 이게 무슨 일이야. 이비글 님의
추천 트윗은 미친 듯이 리트윗되었다. 올바른 칫솔
질 방법부터 칫솔이 갖춰야 할 중요한 요소가 무엇
인가, 이 칫솔회사의 정체는 무엇인가까지 다채로운
정보들이 뒤이어 타임라인에 속속 흘러들었다. 사진
으로 올린 칫솔의 컬러와 디자인도 범상치 않았다.
칫솔모가 풍성할 뿐만 아니라 엄청 부드럽다는데 디
자인까지 예쁘잖아. 어머 이건 사야 해!
나는 이 트윗에 영업을 당해 칫솔을 주문했다.
알고 보니 트윗을 보고 칫솔을 주문한 사람이 나뿐
만이 아니었다. 칫솔회사는 갑작스레 주문이 폭주해
제품을 수급하는 데 어려움을 겪을 정도였다고 한
다. 칫솔회사는 급기야 이 당황스럽고 폭발적인 주

문의 근원지가 어디인지 찾다가 그것이 트위터라는 걸 알기에 이른다. 회사는 글을 올린 이비글 님에게 '은밀하고 위대하게 상'이라는 재치 있는 감사장을 수여하고 상품도 증정했다. '당사가 전혀 모르는 사이에 트위터에서 이 칫솔을 은밀하고 위대하게 노출시켜 국민의 구강보건 향상에 이바지하였다'는 이유였다. 또 이 회사는 원래 치과를 중심으로 칫솔을 유통해왔는데 트위터 입소문을 계기로 홍보용 트위터 공식 계정도 만들고 오프라인 매장 판매도 진행하는 등 B2C 영역까지 판로를 확장했다. 세상 아름다운 기승전결이다.

우연히 분말형 식이섬유 일회분 한 봉지를 먹었다가 똥이 멈추질 않고 계속, 계속, 계속 나와서 급기야 기절하고 말았다는 이야기가 타임라인을 뒤흔든 적이 있다. 눈물 날 정도로 웃긴 트윗이었다. 제품을 추천하거나 홍보하기 위한 것도 아니었다. 그런데 역시 뜻하지 않게 이 식이섬유 주문량이 폭증한 모양이었다. 주문량이 그야말로 폭발적으로 갑작스럽게 늘자 제품 개발자가 놀라 트위터를 찾았다. 작은 식품회사를 운영하는 개발자는 '30년 동안 이어온 아날로그 비즈니스를 완전히 바꾸었다'며 똥기사(똥 싸다 기절한 제품을 만든 사람)라는 계정으로 트위터에 입성했다. 그리고 이 제품을 트위터에 처음 올린 '똥 싸다 기절한 사람'에게 감사장과 함께 해당 제품을 매달 한 세트씩 평생 제공하겠다고 약속했다(식이섬유 한 봉지로 7미터짜리 아나콘다를 생산한 분이 과연 흔쾌히 받을지는 모르겠다).

똥 싸다 기절했다는 이 이야기는 SBS 라디오 '컬투쇼'에도 소개되어 큰 인기를 얻었고, 이후 '똥 기사' 사장님은 더욱 유명해져서 각종 방송에 출연하고 해외 지사를 설립하느라 바쁜 나날을 보내게 되었다는 아름다운 이야기가 지금도 이어지고 있다.

트위터에서 어떤 물건을 추천했을 때 엄청나게 알티되어 폭발적으로 판매가 늘거나 홍보 효과가 유의미하게 나타나는 경우는 드물지 않다. 제품을 생산한 회사도 전혀 예상하지 못한 고객들이 트위터에 바글바글하다는 걸 인지하고 본격적으로 트위터 홍보에 뛰어들기도 한다. 나도 여러 번 트윗에 영업당해 그들의 새로운 고객이 되었다. 특정 트윗에 하트를 누르는 것은 공감이나 호감의 표시이기도 하지만 저장의 의미이기도 하다. 특히 끌리는 제품 추천 트윗을 봤을 때 나는 즉각적으로 '어머 이건 사야 해!'를 외치며 장바구니에 물건을 넣듯 마음통에 트윗을 담는다.

나는 왜 이토록 트위터에서의 제품 추천에 쉽게 유혹당하는 걸까. 트친들이 추천하는 제품뿐 아니다. 어떤 물건을 구입할까 결정하기 전에 나는 네이버가 아닌 트위터 검색창에 제품 이름을 넣어본다. 트위터 사람들이 좋다고 하면 사고, 별로라는 반응이 많으면 일단 보류한다. 맛집 검색도 마찬가지다. 식당 정보, 맛집 정보라면 인스타그램을 따를 자가 없을 텐데, 어째서인지 손가락은 트위터 앱을 향하고 있다.

트위터의 검색 결과나 제품 정보를 특히 더 신뢰하는 이유는 앞서 언급한 나의 트위터 책 홍보 실패기에서 그 힌트를 얻을 수 있다. 트위터에서는 불순한 의도를 금세 간파당한다. 실제 후기인지 아닌지 진심 어린 추천인지 아닌지 너무나 잘 보인다. 기업이 트위터에서 홍보마케팅을 하는 건 정말 쉽지 않다.

가장 큰 제약은 140자밖에 쓰지 못한다는 점이다. 제품의 핵심 기능이나 장점을 140자 안에 담으려고 압축하고 압축하고 압축하면? 너무나 명백한 홍보 카피가 돼버린다. 물건을 팔고 싶은 사람은 제품에 대해 하고 싶은 말이 너무 많고, 하나의 트윗에 그걸 다 쓰다 보면 결국 '이것은 광고입니다'의 뉘앙

스를 벗어날 수가 없다는 얘기다. 광고임이 명백한 트윗이 유효할 리가 없다. 그러니 트위터 자체가 광고주들에게 그리 매력적인 플랫폼은 아닐 것이다.

　바로 그런 제약 때문에 트위터 이용자들이 생산하는 정보는 신뢰도가 높다. 칫솔 추천 트윗이 흥한 것은 칫솔모가 여느 칫솔보다 일곱 배 많다거나 칫솔모가 부드럽다는 등의 팩트만이 아니라 '양치 후 잇몸이 아팠던 증상이 사라졌다'는 후기의 진실성 때문이었을 것이다.

　포털사이트의 파워링크, 파워블로거의 유료 후기, 정보값 제로에 가까운 스팸성 해시태그들에 질린 사람들은 언제나 광고 없는 청정 구역을 찾아 헤맨다. 그리고 그런 곳은 금세 광고주들에게 점령당한다. 사람들이 모이는 곳에는 물건을 팔고자 하는 사람도 모이기 마련이니까.

　트위터는 광고주들에게 인기가 없어 오히려 제품에 대한 후기나 추천에 대한 신뢰도가 높아지게 된 것이다(트위터, 의문의 1패인가 1승인가). 어쨌거나 그런 점에서 트위터는 내가 가장 신뢰할 수 있는 정보원이 되었다.

　"너는 트위터를 그렇게 열심히 할 거면 그걸로 돈 벌 생각을 좀 해봐."

가끔 남편이 이런 말을 한다. 블로그를 열심히 하면 파워블로거가 돼서 돈을 벌고, 유튜브를 열심히 하면 프로 유튜버가 돼서 광고 수익을 얻는 것처럼, 트위터 열심히 하면 돈을 벌 수 있지 않냐는 것이다. 물론 나도 트위터에서 상당히 많은 생활용품을 영업해왔다. 면봉통이랄지, 메이크업 브러시랄지, 싱크볼 거름망 같은 소소한 물건들 말이다. 트친들의 반응도 좋았고 알티도 꽤 되었고 내 추천 트윗을 보고 물건을 구입했다는 피드백도 받았다. 그러나 한 줌 트잉여들에게 물건 몇 개 팔았다고 광고주 여러분이 트위터 계정을 마케팅 채널로 가치를 둘까.

아, 남편이여. 당신의 헛된 꿈이 말 그대로 헛된 꿈이라는 걸 설명하자니 너무 슬퍼서 눈물이 질끔 날 것 같다. 미안하다. 아무리 열심히 해도 통장을 채워주지 않는 잉여 생활이라는 게 있다. 그리고 당신의 아내가 바로 그걸 하고 있단 말이다….

아프지 마, 트위터야

가끔 트위터는 뭘로 돈을 버나 싶을 때가 있다. 그러니까 도대체 트위터의 수익 모델이 뭘까 궁금한 것이다. 트위터와 비슷한 시기에 등장해 소셜미디어의 대표 주자로 등극한 페이스북은 일찌감치 사업 방향을 기업의 비즈니스 플랫폼으로 틀었다. 사용자의 관심사, 좋아요 버튼을 누르는 경향 같은 정보를 수집해 개인 맞춤형 정보를 우선적으로 노출하는 방식으로 타임라인을 구성하고, 스폰서 광고를 그 틈새로 밀어넣으며 광고주들과 수익을 나눴다. 페이스북은 더 이상 게시물을 시간순으로 보여주지 않는다. 가구 브랜드 게시물에 '좋아요'를 한 번 눌렀다가는 매일같이 온갖 가구 브랜드의 광고를 봐야 하는 구조가 됐다. 페이스북의 이런 상업성에 치를 떠는 (나 같은) 사람들은 '청정 구역을 원한다!'를 외치며 트위터로 트위터로 더 깊이 몸을 숨겼다.

그런 와중에 트위터 사용자가 급감하고 있다는 뉴스는 잊을 만하면 등장한다. 생산되는 트윗의 개수가 줄고 여론의 영향력이 약화되며 기업가치가 하락하고 있다는 소식이다. 나를 비롯한 많은 트잉여는 이런 뉴스를 볼 때마다 두려움에 휩싸인다.

'이러다 트위터가 사라지면 어떡하지?'

트위터가 없는 일상을 상상하니 자다가도 비명을 지르며 일어날 것 같다.

"트위터야 죽지 마", 이런 말마저도 트위터에

쓰는 사람들에게 트위터 없는 생활이라니. 그건 정말 안 될 말이다. 광고라면 치를 떠는 사람들이 트위터가 다시 살아날 수 있다면 광고 정도는 봐줄 수 있다, 내가 스폰서 광고 백 개 봐주겠다, 그러니까 죽지 말고 어디 이상한 데다 매각하지 말고 제발 이대로 있어달라, 부르짖었다.

광고성 정보가 적고 사용자의 타임라인을 제멋대로 구성하지 않으며 초기 서비스 형태가 크게 달라지지 않은 채 유지됐다는 점이 사용자들의 트위터에 대한 충성도를 높였을 것이다. 그러나 그건 트위터라는 기업의 경영에는 별 쓸모가 없었을 것이다. 조용하고 일하기 좋은 카페로 소문 나서 인지도는 높지만 커피 한 잔 시켜놓고 몇 시간씩 앉아 일하는 사람들 때문에 테이블 회전율이 낮아져 수익성은 떨어진 카페 주인장의 마음이지 않을까. 시간 제한이라도 둬서 회전율을 높이자니 기존 고객이 떠날 것같고, 그대로 두자니 날이 갈수록 적자만 쌓여서 이참에 가게를 확 처분하고 싶은 그런 심정 말이다.

트위터처럼 큰 글로벌기업이 하루아침에 문을 닫진 않겠지만 다른 기업에 매각될 가능성은 충분했다. 실제로 디즈니와 구글 등을 상대로 매각 협상이 이루어졌으나 다행히(!) 성사되지 못했다. 인수합병을 거쳐 잠시 되살아났다가 결국 아이덴티티를 잃고 아스라이 사라져간 숱한 인터넷 서비스들을 떠올리면 트윙여들의 불안은 결코 과민한 것이 아니었다.

가끔 트위터 앱이 먹통이 되거나 타임라인이 제대로 흐르지 않을 때 다급하게 "트위터가 먹통이다!"를 트위터에 쓰고 싶은데 트위터가 먹통이라 쓰지 못한 사람이라면 그게 어떤 심정인지 알 것이다.

페이스북 탄생 일화를 다룬 영화 〈소셜 네트워크〉에서 창업 초기에 마크 저커버그의 관심을 끌기 위해 동업자인 왈도가 수표를 정지시킨다. 그러자 저커버그가 불같이 화를 내며 이런 말을 한다.

"돈이 없으면 사이트는 안 돌아가. 페이스북과 다른 사이트의 차이는 다운되지 않는다는 거야. 하루라도 다운되면 우린 그날로 끝이야!"

페이스북이 정말로 오픈 이후 하루도 다운되지 않았는지는 모르겠다. 트위터는 자주 덜컹거렸다. 어렵다 어렵다 하더니 기어이 서버가 터진 것일까, 아니야 내 휴대폰이 문제일지도 몰라, 혹시 와이파이가 끊긴 것은 아닐까…. 어떻게든 트위터가 아직 건재하다고 믿고 싶은 이들의 소망이 타임라인을 타고 흘렀다.

다행히 트위터는 2018년 현재 아직 살아 있다.

페이스북과 비교당하며 추락하는 소셜미디어로 거론되던 시기를 지나 나름 자구책을 마련해 우여곡절 끝에 흑자로 돌아섰다는 소식도 들려왔다. 트위터 코리아 대표는 "한국 시장의 고속 성장이 트위터 본사 실적 호조에 큰 영향을 끼쳤다"며 "트위터의 부활을 한국이 선두에 서서 견인하고 있다고 해도 과언이 아니다"라고 평했다.

어쩐지 어깨에 힘이 들어간다. 우리가 트위터를 살렸어!(아니야⋯)

그사이에 트위터는 아기자기한 변화를 시도했다. 프로모션 계정을 도입했고(그렇다, 광고다. 하지만 괜찮아, 토닥토닥), 한국어는 해당되지 않지만 트윗당 140자 제한을 160자까지로 늘렸고, 쓸모를 알 수 없지만 북마크나 모멘트 같은 서비스를 신설했고, 화질은 여전히 개선되지 않았지만 동영상 업로드 가능 시간도 늘렸다. 그중에는 마음에 들지 않는 변화들도 있다. 그래도 큰 틀을 해치지 않는 선에서 즐거운 트위터 생활을 계속 이어갈 수 있다는 사실에 안도했다.

물론 트위터도 언젠간 지금과는 달리 변형되거나 아예 사라질 것이다. 수많은 서비스가 탄생하고 사라지기를 반복하는 웹 세계에서 트위터만 영원하란 법은 없다. 눈만 뜨면 휴대폰을 들고 트위터 앱을 켜는 중독자로 살고 있지만 어느 날 갑자기 새로운 서비스로 스르륵 갈아타고는 트위터를 퇴물 취급하는 날이 올지도 모른다. 내가 원하는 대로 멍석을 깔아주는 서비스라고 멋대로 생각해버리지만 트위터도 어쩔 수 없는 기업이라는 것도 안다. 그러니 경영의 파도가 몰아치는 대로 휩쓸려 가게 될 것이다.

불과 10년 전만 해도 존재하지도 않았던 웹서비스인데 사라질까 봐 전전긍긍할 정도로 내 인생의 지분이 많아졌다니 가끔 좀 무섭다. 하지만 무언가를 소비한다는 게 다 그렇지 않은가. 내가 욕망하는 줄도 몰랐던 '니즈'를 발굴해 라이프스타일을 '제시하는' 기업들의 전략에 모르는 척 슬쩍 묻어가면서 일상의 소소한 재미를 획득하는 것. 어느 순간 깊이 빠져든 듯 싶다가도 또 어느 순간 쉽게 빠져나와 새로운 재미를 찾아 두리번거리는 것. 너의 전략과 나의 마음이 적절한 때에 적절하게 만나 사는 게 조금 즐거워졌다면 그것으로 된 것 아닐까.

그러니 나는 그냥 오늘의 트위터를 즐길 것이다. 트위터 친구들의 빵 터지는 유머와 날카로운 집단지성과 쓸모 넘치는 정보와 탁월한 통찰과 신세계 영접의 기회를 기쁘게 소비하면서.

광고 좀 보면 어때. 눈이 닳는 것도 아닌데. '내
가 자리를 비운 사이'라고 오지랖을 떨며 내 타임라
인 시간대를 마음대로 뒤섞는 것도 참아줄게. 자리
비우지 않고 내가 더 열심히 트위터 하면 되지. 가끔
트위터 공식 앱이 먹통이 되고 피드 새로고침이 버벅
거려도 용서할게. 금방 복구해줄 거잖아.

그러니까 트위터야, 아프지 마. 응?

나를 만든 세계, 내가 만든 세계
'아무튼'은 나에게 기쁨이자 즐거움이 되는,
생각만 해도 좋은 한 가지를 담은 에세이 시리즈입니다.
위고, **제철소**, **코난북스**, 세 출판사가 함께 펴냅니다.

아무튼, 트위터

초판 1쇄 발행 2018년 8월 31일
초판 2쇄 발행 2021년 8월 31일
지은이 정유민
펴낸이 이정규
펴낸곳 코난북스
출판등록 제2013-000275호
전화 070-7620-0369
팩스 0505-330-1020

conanpress@gmail.com
conanbooks.com
facebook.com/conanpress

©정유민, 2021

ISBN 979-11-88605-06-4 02810

이 도서의 국립중앙도서관 출판예정도서목록(CIP)은
서지정보유통지원시스템 홈페이지(http://seoji.nl.go.kr)와
국가자료공동목록시스템(http://www.nl.go.kr/kolisnet)에서
이용하실 수 있습니다.(CIP제어번호: CIP2018026675)